HAYMON taschenbuch 75

Auflage:
8   7   6   5
2021 2020 2019 2018

HAYMON tb 75

Ungekürzte Taschenbuchausgabe
Haymon Taschenbuch, Innsbruck–Wien 2011
www.haymonverlag.at/haymontb

© Haymon Verlag 2004

Alle Rechte vorbehalten. Kein Teil des Werkes darf in
irgendeiner Form (Druck, Fotokopie, Mikrofilm oder in einem
anderen Verfahren) ohne schriftliche Genehmigung des Verlages
reproduziert oder unter Verwendung elektronischer Systeme
verarbeitet, vervielfältigt oder verbreitet werden.

ISBN 978-3-85218-875-1

Umschlag- und Buchgestaltung, Satz:
hœretzeder grafische gestaltung, Scheffau/Tirol
Coverfoto: 9inchpixel_photocase.com
Autorenfoto: Ulrich Egger

Gedruckt auf umweltfreundlichem,
chlor- und säurefrei gebleichtem Papier.

Sepp Mall
Wundränder

Roman

Sepp Mall
Wundränder

Für meinen Vater (1929–1998)

1.

Sein Vater habe sich in Luft aufgelöst, sagte der Junge, von einem Tag auf den anderen.

Eines Morgens, als er, schlaftrunken noch, nach unten kam, war es eben passiert. Die Schranktüren in der Küche standen weit aufgerissen, die Schubladen lagen auf dem Fußboden verstreut, und mitten im Durcheinander kniete seine Mutter. Er wird gleich wiederkommen, war das Erste, was sie sagte.

Sie kniete da, verwirrt und fassungslos, als wäre sie eines der aus den Kästen geworfenen Dinge. Er kommt gleich wieder, wiederholte sie mit tonloser Stimme, und auch seine Schwester hörte den ganzen Vormittag nicht auf, davon zu reden. Er kommt bald wieder, sagte sie, morgen, übermorgen ganz bestimmt.

Aber der Vater kam nicht mehr. An diesem Tag nicht und am nächsten auch nicht. Sie räumten die Wohnung auf, setzten die Schubladen wieder ein und warteten. Darauf, dass es an der Haustür klingelte oder sich der Schlüssel im Türschloss drehte, Vaters Schlüssel. Der Junge kroch auf dem Fußboden herum, reichte seiner Mutter die Lebensmittel, Besteckteile und Papiere, die unter die Kästen gerutscht waren, und seine Schwester ging mit dem Besen von einem Zimmer ins andere. Darüber vergingen die Wochen, und das Einzige, was kam, war ein Brief, den ein Rechtsanwalt vorbeibrachte.

Seit jenem Morgen, sagte der Junge, habe er den Eindruck, dass seine Mutter anders rieche. Es sei ein Duft, der einen an helle Frühlingstage erinnere, an denen der Schnee draußen vor den Fenstern dahinschmilzt, und irgendetwas schien er auch von den durchsichtig blauen Flakons zu haben, die nebeneinander aufgereiht im Bad standen und in denen seine Mutter das Bleichmittel für ihre Haare aufbewahrte. Es war ein Geruch, der etwas Leichtes hatte und Flüchtiges, und irgendwann war er sich sicher, dass es der Duft ihrer Tränen war und nichts anderes.

Das war jetzt so. Seit Vater weg war, lief Pauls Mutter durch die Zimmer, durchs ganze Haus, treppauf, treppab, weinte und redete mit sich selbst. Wie kannst du nur, murmelte sie vor sich hin, und wenn sie merkte, dass man ihr zuhörte, rannte sie davon, ins Bad oder die Stufen hinauf in die Diele. Im Schlafzimmer warf sie sich bäuchlings aufs Bett, und sie sahen ihr von der Treppenschlucht aus zu, durch die offen gebliebene Tür.

Am Mittagstisch, während sie das Geschirr austeilte, schlichen sich Rinnsale über ihre Wangen und nichts ließ ihren Fluss versiegen. Sie nahm die Pfannen vom Herd und trug sie zum Tisch, sie schöpfte die Teller voll und ihre Tränen zerflossen in der Suppe, auf dem Fleisch, der Polenta.

Paul blickte seine Schwester an und sie ihn, und das Tränenwasser, das sie aßen, verätzte ihre Stimmbänder. Stumm schoben sie das Essen in sich hinein, schielten aus den Augenwinkeln nach ihrer

Mutter, löffelten ihre Teller aus bis auf den letzten Rest und stritten sich nicht, wer beim Abwasch helfen musste.

Während der Italienischstunde fragte ihn Herbert, was sein Vater angestellt habe.

Nichts, sagte Paul, gar nichts.

Wegen nichts kommt man nicht ins Loch, sagte Herbert. Vielleicht hat er jemand umgebracht, wer weiß, und er fuhr mit ausgestrecktem Finger quer über seinen Hals.

Auf dem Pausenhof zog er Paul von den anderen weg, weil er meinte, dass die Sache mit dem Vater nicht alle wissen müssten. Sie stellten sich hinten unter die Lindenbäume, wo die Müllkübel standen, und Herbert riss sein Marmeladebrot in der Mitte auseinander. Er bot Paul die eine Hälfte an und sagte, dass er das mit dem Umbringen nicht so gemeint habe.

Aber er ist unschuldig, sagte Paul, ganz bestimmt.

Das behaupten alle von sich, sagte Herbert.

Seine Mutter hatte zu nahe am Wasser gebaut. Das sagte sie manchmal über sich selbst, wenn der Tränenfluss wieder einmal nicht aufzuhalten war und sie merkte, dass sie sie hilflos betrachteten. Dann lachte sie auf, ein kurzes helles Meckern, und es schien, als könnte sie es selbst kaum fassen, dass ihre Quelle nie versiegte.

Hohe Luftfeuchtigkeit, höhnte Pauls Schwester und versuchte so zu tun, als würde ihr das alles nichts ausmachen. Aber dann knallte sie die Türen zu und schrie, dass sie sie alle gern haben könnten.

Wenn Paul mit seiner Mutter allein war, zog sie ihn manchmal an sich und umschlang ihn mit beiden Armen. Sie flüsterte, dass er sie nie verlassen dürfe, nie, nie, und presste ihn gegen ihren Bauch, wo er ihr Herz schlagen hörte. Er schüttelte den Kopf, wollte ihr antworten, aber die Kraft ihrer Arme drückte ihm den Atem ab, und dann musste er auf sie einschlagen, damit sie ihn losließ, bevor ihm schwarz wurde vor Augen.

Wir müssen jetzt alle zusammenhalten, sagte seine Mutter, die ganze Familie.

2.

Sie hätten an diesem Tag gegen den FC Merania spielen sollen. Es war noch dunkel draußen, als ihn die Mutter aus dem Schlaf schüttelte, und Maria, seine Schwester, schrie ihm ins Bad nach, dass er sich endlich beeilen solle.

Der Sonntag ist der Tag des Herrn, sagte Onkel Anton, während sie die Stiegen zum Bahnhof hinaufschritten. Der Tag des Herrn, sagte er noch einmal, als sie in der Reihe vor den Schaltern standen, wo es die Fahrkarten gab, und er griff Paul ans Kinn, verstehst du, der Tag eures Vaters.

Dann lachte er, dröhnend und selbstvergessen, dass sich die Wartenden nach ihnen umdrehten. Sie schauten sie von oben bis unten an, schauten auf die Rucksäcke auf ihren Schultern, die voll waren mit Nahrungsmitteln für den, den sie besuchten.

Im Zug schob sie Onkel Anton in ein leeres Abteil, er hievte die Rucksäcke ins Gepäcksnetz und hieß Pauls Mutter sich ihm gegenüber ans Fenster setzen. Er zählte die Namen der Orte auf, an denen sie vorbeifuhren, Mama schaute auf die Landschaft, die draußen im Dämmerlicht an ihnen vorbeiruckte, und manchmal zeigte sie stumm auf ein Gebäude oder einen Berg, und Onkel Anton beeilte sich, einen Namen zu sagen. In den Dörfern, die entlang der Bahnlinie standen, flammten die ersten Lichter auf und es sah aus, als starrten sie die Häuser aus ihren gelben Augen an und wunderten sich, wohin sie so früh unterwegs waren.

Onkel Anton war kein richtiger Onkel, er war nicht einmal verwandt mit ihnen, sondern ein Kollege von Pauls Vater, mit dem er in derselben Tischlerei gearbeitet hatte. Seit Pauls Vater weg war, kam Onkel Anton sie jeden zweiten Tag besuchen, er scherzte mit Maria und dem Jungen, saß in der Küche herum und sagte Mama, was sie tun sollte.

Als der Zug hielt, nahm er Mama am Arm und führte sie die fremden Straßen entlang, über die fremden Kreuzungen und Gehsteige. Paul sah auf den hüpfenden Rucksack auf Marias Rücken und dachte an das Spiel, das er versäumte. Den FC Merania mussten sie unbedingt schlagen, er war ihr größter Konkurrent um den vorletzten Tabellenplatz. Herbert würde an seiner Stelle auflaufen, als erster Reservespieler, und ihm morgen in der Schule erzählen, wie gut er gewesen war.

Dann waren sie da. Man nahm ihnen die Rucksäcke ab und in einem Saal weit hinten saß sein Vater. Er sah kurz auf, als sie eintraten, für eine Sekunde nur, dann fiel sein Blick wieder auf die Tischplatte zurück. Es sah aus, als würde er sie nicht erkennen.

Er schien anders geworden, seltsam klein, durchsichtiger und dünner, als Paul ihn jemals gesehen hatte. Seine Hände stachen aus den weiten Ärmeln seiner Jacke hervor und auf seinen Handrücken hoben sich die Sehnen weiß heraus.

Vaters schmale Hände lagen auf der Steinplatte des Tisches und Mama legte die ihren in seine. So blieben sie beide, starrten auf die ineinander verknäuelten Finger und brachten kein Wort heraus.

Erst Onkel Anton brach die Stille, er räusperte sich, sagte „Alter" zu Pauls Vater und fragte, wie es ihm denn hier gehe.

Paul sah, wie Vaters Lippen sich öffneten, dann gingen die Mundwinkel nach oben zu einem kurzen zittrigen Lächeln, und er nickte.

Ja, ja, sagte Onkel Anton.

Nach ihnen hatte man noch andere hereingelassen, die am vorderen Ende des Besucherraumes standen und darauf warteten, dass man ihnen ihre Angehörigen brachte, ihre Väter oder Brüder. Einige der Besucher hatte Paul im Zug gesehen und einmal war Onkel Anton aufgestanden und hatte mit einer Frau auf dem Gang geredet.

Der Gefängniswärter, der sie in den Saal geführt hatte, war hinter Vaters Stuhl stehen geblieben. Er schaute über ihre Köpfe hinweg auf eine Uhr, die an der Wand hing und deren Minutenzeiger sich mit kleinen Rucken vorwärts bewegte. Um halb vier würde ihr Spiel beginnen, fiel Paul ein, er sah Herbert mit seiner Nummer auf dem Rücken aus der Umkleidekabine kommen, und Herr Schwarz, ihr Trainer, würde ihn mit einem Klaps auf den Hintern aufs Feld schicken, dorthin, wo er hätte stehen sollen.

Dann ließ Vater Mamas Hand los und griff nach seiner. Paul verstand zuerst nicht, was sein Vater murmelte, er spürte nur seine schwere, schweißnasse Hand auf der seinen. Dann nannte der Vater langsam seinen Namen und den seiner Schwester.

Meine Kinder, sagte er. Mama stürzte sich neben ihm plötzlich über ihre Tasche und Paul spürte, wie seine Finger unter der Vaterhand zu zucken begannen.

Onkel Anton zog ein weißes Taschentuch aus seiner Jacke, drückte es Mama in den Schoß, sie wischte damit über ihre Augen, und dann redeten sie endlich. Onkel Anton erzählte von der Fahrt hierher, von den Arbeitskollegen, die für Vater Geld gesammelt hätten, für seinen Anwalt, und er redete davon, dass alles teurer würde, nur die Advokaten nicht, und Mama lachte dazu. Der Vater sagte manchmal dazwischen ein Wort, fragte nach Leuten, die Paul nicht kannte, und dann flüsterten sie, bis Onkel Anton mit einem Blick auf Maria und ihn meinte, dass schon alles gut ausgehen werde.

Der Wärter hinter Vaters Stuhl hatte die Wanduhr nicht aus den Augen gelassen. Er machte drei Schritte nach links, dann drehte er um und nahm wieder seine alte Position ein. Irgendwann legte er seine Hand auf Vaters Schulter und sagte, dass die Besuchszeit zu Ende sei.

Kurz vor dem Ausgang drehte sich Pauls Vater noch einmal um, seine Hand in Schulterhöhe, als wollte er ihnen zuwinken. Irgendetwas war mit seinem Gang, das fiel Paul jetzt auf, mit seinen Füßen, die merkwürdig in den Schuhen kippten, und gerade als der Vater durch die Tür weggeführt wurde, bemerkte er, dass die Schuhe ohne Schuhbänder waren.

Wir kommen bald wieder, rief ihm Onkel Anton nach, sobald die uns eine Erlaubnis geben.

Als sie auf der Straße standen, schauten sie noch einmal an der Fassade des Gefängnisgebäudes hinauf und sahen jemanden an einem der hohen Fenster stehen, seine Hände an den Gittern. Nein, das ist er nicht, sagte Maria, und dann gingen sie.

Im Zug legte Onkel Anton seinen Arm um Mamas Schulter und redete so lange auf sie ein, bis sie lachte. Paul schaute seine Schwester an, die neben ihm saß, sie zuckte mit den Schultern und hob die Augenbrauen, auch sie wusste, dass die Tränen schon bereit waren hinter Mamas Augen. Wie lange würde es wohl dauern?

In Mezzocorona, flüsterte ihm seine Schwester ins Ohr, was wetten wir?

Aber als der Zug langsam in den Bahnhof einrollte, der diesen Namen trug, das blaue Schild mit der Aufschrift zuckelte vor dem Fenster vorbei, war ihre Mutter eingeschlafen. Ihr Kopf lehnte an Onkel Antons Oberarm, ihre hellbraunen Locken waren verrutscht und in ihrem Mundwinkel glänzte ein heller Speichelfaden. Vielleicht hatte sie ihre Tränen einfach geschluckt und jetzt suchten sie sich einen anderen Weg nach außen.

Manchmal hatte Pauls Vater Mama in den Arm genommen und sie gefragt, ob sie mit ihm tanzen möchte. Einfach so, nach dem Abendessen, während das Radio lief und Mama das Geschirr spülte. Sie hatte ihn mit gespielter Entrüstung von sich weggestoßen und ihm gesagt, dass er seine Dummheiten woanders anbringen könne, aber dann, wenn sie glaubte, dass Maria und Paul ihnen nicht zusahen, hatte sie sich doch überreden lassen, einige Tanzschritte zwischen Küchentisch und Abspüle zu machen. Einmal waren sie durch den Gang ins Wohnzimmer geschwebt, wo Paul seine Aufgaben machte, Mama in ihrer Küchenschürze und in Pantoffeln, und dann lachend wieder zurück, immer wieder, bis der Sender sein Musikprogramm beendete. Vielleicht träumte sie jetzt davon, während sie an Onkel Antons Arm lehnte und im Schlaf leise vor sich hin lächelte.

3.

Manchmal komme ich ins Stolpern, genauso wie er. Wenn jemand in der Arbeit oder auf der Straße nach ihm fragt, jemand, der nichts weiß von allem, bleiben die Wörter hinter den Lippen, verhunzt, verdreht, und ich zeige über die Häuser hinweg zum Hang, wo sich die Wege hinaufziehen zum Waldrand.

Wie ein Versteck im Schatten des Berges liegt der Ort und im Frühjahr bleibt der Schnee dort am längsten. Ich hätte ihm wärmere Kleider mitgeben sollen. Wärmere Kleider, festere Schuhe, manchmal mache ich mir Vorwürfe, dass ich so unbedacht war.

Und zu Hause dann nehme ich seinen Ausweis aus der Schublade, wo er geblieben ist, schlage ihn auf und lege ihn neben den meinen. Ich betrachte sein Foto, lese halblaut unsere Namen und verschlinge sie ineinander. Alex und Johanna, sage ich, Bruder und Schwester, ich lese mir unsere Geburtsdaten vor, als hätte ich Angst, sie zu vergessen.

Wenn man von der Staatsstraße auf die Abfahrt einbiegt und Richtung Stadtmitte fährt, kommt man an den Häusern vorbei, wo wir zusammen wohnten. Graue Betonklötze, die aus dem Asphalt in den Himmel schießen, einer gleich dem anderen. Ein Neubauviertel, in aller Eile auf dem Reißbrett entworfen; heute weiß ich, dass diese Häuser gar nicht für uns bestimmt waren, sondern für andere, Zuwanderer aus dem Süden, die dann über Nacht kamen und einzogen über uns und neben uns und die Häuser ausfüllten mit ihrer Sprache, die ich nicht verstand.

Vielleicht hätten wir gleich wieder wegziehen sollen, sage ich mir vor, dann wäre alles nicht passiert.

Erika wischt solche Sätze mit einer Handbewegung weg. Du kannst deinem Schicksal nicht davonlaufen, sagt sie, es holt dich überall ein. Ich solle doch endlich still sein, sagt sie, meinen Frieden schließen, und vielleicht hat sie Recht.

Anfangs hatte ich gleich wieder wegwollen, nach zwei Wochen schon zurück nach Hause oder in eine andere Stadt, aber mit meinem Bruder konnte man darüber nicht reden. Er zog seinen Kopf zwischen die Schultern und wollte nichts hören.

Was suchst du hier, sagte ich. Er aber tat so, als wollte ich ihm etwas antun. Ihn aus seinem Wunderland vertreiben, dem Paradies, in dem er leben konnte und sein.

Vielleicht, weil er hier jemand anders war. Nicht mehr der Stolperer, der Stotterer wie im Haus der Eltern, ein anderer, einer, für den nicht jedes Wort eine Qual war, jeder Satz eine Niederlage.

Es war von klein auf da gewesen, immer schon, so lange ich denken konnte. Die Lähmung der Zunge, die Silben, die strauchelten, die hängen blieben, irgendwo. Und Alex, der sich wegdrehte von seinen Wörtern, irgendwann, und weg von uns, ins trotzige Schweigen hinein, bis die Hand des Vaters ihn wieder herausprügelte aus seinem Versteck.

Ich habe es nie ausgehalten, das gurrende Rucken der Anlaute, das Atemreißen, die verzweifelte Wiederholung mit aufgerissener Kehle, dreimal, viermal, immer wieder der Versuch, über die erste Hürde zu setzen, und dann der Absturz. Der Stillstand, der offen gebliebene Mund, aus dem nur mehr das Versagen blies. Ich hatte die Wahl, davonzulaufen oder für ihn zu sprechen. Und ich habe gesprochen, für ihn, immer wieder für ihn.

Ich lass dich nicht allein, habe ich gesagt, du kommst einfach mit. Weg aus dem Elternhaus, dem Stammelheim, wo jeder Satz doppelt gedacht werden musste, einmal von ihm, einmal von mir.

Ich hatte um diesen Ausbildungsplatz angesucht in der städtischen Klinik, wollte Schwester der Kranken sein, aller Kranken, und Alex sah mich an, als würde ich ihn verraten. Er nahm den Brief an sich, der meine Einstellung bestätigte, er versteckte ihn in seinem Bett, unter der Matratze, ich durfte ihn nicht verlassen.

Erst als ich ihm versprach, dass er mitkommen würde, dass wir ihm eine Arbeit suchen würden dort unten, holte er den Brief wieder hervor und zeigte auf das Einstellungsdatum. Morgen, drückte er hervor und deutete auf die Kommode, wo seine Habseligkeiten schon gepackt waren. Eine Hose, zwei Hemden, Schuhe. Was er mitnehmen wollte, hatte in einem halben Koffer Platz.

Unsere Eltern schrien durchs Haus und schüttelten den Kopf, aber gegen Alex' Willen vermochten auch sie nichts. Sie sahen uns vom Tor aus nach, wie wir zur Seilbahn gingen, und rangen die Hände. Alex trug seinen Koffer auf seinen ausgestreckten Armen und schaute kein einziges Mal zurück.

Und jetzt, wo ich wegkönnte, bleibe ich hier. In dieser Wohnung mit vierzig Metern im Quadrat, Kochnische, Bad, Wohnzimmer, Schlafkoje, möbliert. Alex hat hier geschlafen, in dieser winzigen Kammer, und ich auf dem Sofa im Wohnzimmer.

Mein Fenster geht auf die Straße hinaus, hier haben wir gestanden am ersten Abend und hinabgeschaut auf die Stadt, die auf uns wartete. Unten gingen Soldaten vorbei, wir hörten ihr Lachen bis zu uns herauf, die fremden Worte.

Ausgang bis zehn, sagte ich, und Alex grinste. Wir sahen ihnen nach, wie sie vorbeischlenderten in kleinen Gruppen, wie sie stehen blieben, jedes Mal, wenn eine Frau vorüberging, gaffend mit offenen Mündern, und wie sie lachten nachher, sich in den Schritt fassten.

Sie waren in Alex' Alter und irgendeine Tauglichkeitskommission hatte sie geprüft und durchgehen lassen.

Manchmal gehe ich mit dem Hund quer durch die Stadt, die Carduccistraße entlang und an der Kreuzung vor dem Bahnhof nach rechts. Einen Erholungspark nennt das die Stadtverwaltung, die fünf, sechs Bäume, die Gehwege voller Unrat, die paar verlotterten Bänke links und rechts des Soldatendenkmals. Das Gras erstickt im schweren Schatten der Tannen, der Äste, die bis auf den Boden hängen.

Hier sitzen die Trinker morgens, suchen nach Zigarettenstummeln, die andere weggeworfen haben. Wenn ich mit Blumen komme im Arm, rücken sie zur Seite, um mir Platz zu machen.

4.

Ich weiß nicht, wie das passiert ist. Die Schwangerschaft, flüsterte meine Mutter, der plötzliche Schrecken damals. Die Schneelawine, die, als sie Alex schon in sich trug, neben dem Haus vorbeidonnerte, muss alle Schuld übernehmen.

Der Gemeindearzt im Dorf, zu dem wir meinen Bruder brachten, hatte ihn auf seine Liege klettern lassen und abgehört. Er hatte seinen Kopf gewiegt und gemurmelt, dass sich das auswachsen würde. Das wächst sich bestimmt aus, hatte er gesagt, ihr werdet sehen.

Aber es war geblieben: jedes Wort eine Anstrengung, eine Kraftprobe, eine Ernüchterung. Nur die Zermürbung war gewachsen, Tag für Tag und Silbe für Silbe.

Wenn wir allein waren, Alex und ich, schauten wir uns in die Augen, und irgendwann wusste ich, was er sagen wollte. Mir gingen die Wörter, seine Wörter, leicht von den Lippen, und er hat genickt. Vielleicht fällt es leichter, in den Gedanken eines anderen zu sein, wenn man unter demselben leidet. Unter der Hand des gemeinsamen Vaters, die unvermittelt ausholt und trifft, unter der Geschäftigkeit der Mutter, die durch die Räume fliegt, über die Äcker und Felder und nie stehen bleibt bei einem. Wer weiß, vielleicht war es das.

Dann kamen die Besuche bei den Ärzten in der Stadt, das Händeringen der Mutter beim Nachhausekommen, es wurde nicht besser.

Vom Berg in die Stadt gestottert, sagt Erika, aber ich kann darüber nicht lachen. Mir fällt der erste Satz ein, den Alex sagen wollte, als wir die Mietwohnung hier betraten, das erste Stolpern, kaum dass wir über der Schwelle waren. Und dann habe ich Alex gesagt, was er mir sagen wollte: Das da ist mein Zimmer, meins.

Er hielt noch den Koffer in der Hand und hatte schon die Grenzen abgesteckt. Dann half er mir, die Küche einzuräumen, er trug den Karton aus dem Selbstbedienungsladen von unten herauf und zeigte mir, in welches Regal ich die Töpfe stellen sollte und in welches das Geschirr. Die Tasse mit seinem Namen stellte er auf das Bord über dem Herd und drückte mir die Kaffeemaschine in die Hand.

So lautlos, wie er sich mitteilte, bewegte er sich, im Gewohnten. Eine Katze hätte nicht geschmeidiger sein können. Wenn ich im Wohnzimmer war und er von der Arbeit nach Hause kam, in die Küche ging, sich einen Kaffee zu kochen, hörte ich ihn nie. Er glitt über den Boden und die Dinge gehorchten ihm, kein Klappern der Tassen, kein Klingeln des Löffels, wenn er den Zucker einrührte, nichts. Als wäre er nicht in einem Haus aufgewachsen, wo alles klobig gewesen war, schwer und dumpf. Manchmal erschrak ich, wenn ich die Tür zur Küche öffnete und ihn plötzlich vor mir sitzen sah.

Draußen aber hat er mich vorausgeschoben. Im Fremden, in der Welt, die nicht von den Augen lesen konnte, sondern immer auf die Wörter wartete, auf das, was sie Klarheit nannten. Zum Vorstellungsgespräch im Elektrikerbetrieb hat er mich mitgezogen, und dann saßen wir da in diesem Holzverschlag hinter der Lagerhalle und ich habe gedolmetscht. Ich habe seine Blicke übersetzt, seine Mienen, seine Körperhaltung, und der Geschäftsführer hat verwundert auf mich geschaut und dann auf Alex.

Er spricht nicht viel, habe ich gesagt, aber sehen Sie sich seine Zeugnisse an. Dem Stromkreis sind die Wörter egal, und dem Schaltkasten ebenso, Alex spricht mit seinen Fingern, mit den Werkzeugen, die aus seiner Hand wachsen, und das Licht gehorcht, der Stromkreis, die Spannung.

Mir sind die Burschen, die arbeiten, sowieso lieber als die, die quatschen, sagte der Geschäftsführer, und Alex' Augen blitzten auf für eine Sekunde. Auf dem Tisch lag der Arbeitsvertrag und man brauchte nur mehr die Unterschrift darunter zu setzen.

Ja, nickte Alex, ich schob ihm die Feder hin und er schrieb seinen Namen auf das Papier, in winzigen, steilen Buchstaben. Als wir nach draußen gingen, über den Platz, wo die Firmenautos standen, berührte er meine Hand und ich antwortete ihm: Gern geschehen.

Vielleicht bin ich trauersüchtig. Warum sonst bleibe ich hier, um jeden Tag zu ihm zu gehen, ihm Blumen zu bringen, mit ihm zu reden.

5.

Herbert war Pauls einziger Freund. Er wohnte draußen am Stadtrand, in *Harlem*, wie sie es nannten. Inmitten der Felder hatte die Stadt riesige, graue Wohnblocks hochgezogen, einen dicht neben dem anderen, und als Herbert und seine Mutter in die Stadt gezogen waren, hatte man ihnen dort eine Wohnung zugewiesen. Seit fast zwei Jahren wohnten sie im dritten Stock eines *Kondominiums*, und vom Wohnzimmer aus, wo Herbert schlief, sah man nichts als die gegenüberliegende Fassade und ein winziges Dreieck Himmel.

Der Bus, der *Harlem* mit der Innenstadt verband, fuhr durch Pauls Straße und Herbert hielt ihm den Platz in der letzten Sitzreihe neben sich frei, wenn sie zur Schule mussten. Als man Pauls Vater verhaftet hatte, war Herbert der Einzige gewesen, dem er davon erzählte.

Wahnsinn, sagte er, nahm seine Schultasche von den Knien und rückte mit seinen großen, geröteten Augen näher an Paul heran. Er wollte alles genau wissen, jede Kleinigkeit, jedes Detail, wie es sich an jenem Morgen zugetragen hatte.

Herbert hatte keinen Vater, zumindest kannte er ihn nicht. Seine Mutter antwortete auf seine Fragen nach ihm mit einem Achselzucken und Herbert war es leid gewesen, ebenfalls mit den Achseln zu zucken, und er hatte sich eine eigene Geschichte erfunden. Meine Mutter war ein barmherziges Mädchen, sagte er, wenn er danach gefragt wurde, und mein Vater ein junger Zigeuner, der auf der Durchreise vom Pferd fiel und von meiner Mutter gesund gepflegt wurde. Woher hätte ich sonst meine schwarzen Haare.

Er rückte noch näher an Pauls Gesicht heran, sodass er seinen Atem spürte, und wollte wissen, ob die Polizisten Pistolen oder Maschinengewehre getragen hätten. Und ob man dem Vater Handschellen angelegt hatte.

Richtige Handschellen, log Paul.

Einen Moment lang hatte er gezögert, ob er Herbert die Wahrheit erzählen sollte. Aber hätte er ihm sagen sollen, dass er noch geschlafen hatte an jenem Morgen und vom wirklichen Geschehen nichts mitbekommen?

Und er, fragte Herbert, hat er sich gewehrt? Haben sie miteinander gekämpft, dein Vater und die *Carabinieri*?

Klar, flüsterte Paul, was denkst du denn? Aber zehn gegen einen, das sind einfach zu viele.

Er erzählte ihm vom wilden Durcheinander in ihrer Wohnung und wie lange sie brauchen würden, um alles wieder aufzuräumen.

Als sie auf dem Vorplatz der Schule aus dem Bus stiegen, legte ihm Herbert seinen Arm um die Schulter, wie um ihn zu trösten, und fragte nichts mehr. Paul nahm ihm das Versprechen ab, niemandem von der Verhaftung seines Vaters zu erzählen, er solle tot umfallen, wenn er nur den Mund aufmache.

Was denkst du nur von mir, sagte Herbert und legte drei Finger der rechten Hand auf seine Brust, da, wo das Herz war.

Pauls Freund war zu mager und zu klein gewachsen, um ein guter Stürmer zu sein, aber sonst konnte man sich auf ihn verlassen. Er war auch keinen Zentimeter größer geworden, seit Paul ihn kannte. Vielleicht lag das daran, dass er heimlich rauchte. Wenn sie sich nachmittags vor dem Training trafen, schlichen sie hinter die Umkleidekabinen, dann zog Herbert eine zerknüllte Schachtel Zigaretten aus seiner Hosentasche und fragte um Feuer. Manchmal, wenn er gut gelaunt war, hielt er Paul die Schachtel hin, damit er auch eine nehme, aber meistens lehnte dieser ab. Er hatte Angst davor, Tuberkulose zu bekommen und dann nicht mehr Fußball spielen zu dürfen.

An jenem Tag, an dem sie den Toten unter dem Denkmal fanden, bot ihm Herbert keine an.

Hast du den Knall gehört heute morgen, fragte er aufgeregt und beugte sich über die Flamme seines Feuerzeugs.

Und als Paul den Kopf schüttelte, runzelte Herbert die Stirn und sah ihn zweifelnd an: Das gibt's doch nicht.

Er zog an der Zigarette, schloss die Augen, und während er den Kopf zurücklehnte, blies er langsam den Rauch durch die Nase.

Es muss ihn in tausend Fetzen gerissen haben, sagte er. Dann machte er eine kleine Pause und sah still nickend dem Rauch nach, der sich auflöste.

In tausend kleine Fetzen, wiederholte er.

Es war ein kalter Herbsttag und Paul fror in seiner dünnen Trainingsjacke. Die Sonne fiel schief hinter den Bäumen hervor, aber sie hatte keine Kraft mehr, die Luft zu erwärmen.

Gib mir auch eine, sagte er.

Dann ertönte schon die Trillerpfeife des Trainers, durch den Zaun hindurch sahen sie ihn durchs Tor kommen, die silbrig glänzende Pfeife im Bart. Wenn sie schulfrei hatten wie an diesem Samstag, trainierten sie auch am Vormittag. Die Jungen drückten ihre Zigaretten an der Mauer aus, liefen ums Gebäude herum und reihten sich in den Tross der Mannschaftskollegen ein, die aus der Kabine kamen.

Noch während des Aufwärmens begann Herbert zu hinken. Herr Schwarz stand an der Mittellinie, hetzte die Jungen um den Platz, und als sie das zweite Mal auf seiner Höhe vorbeikamen, hüpfte Herbert auf einem Fuß und zog den anderen mit schmerzverzerrter Miene nach.

Überknöchelt, sagte er, ließ sich ins Gras fallen und schaute, ob der Trainer sein Unglück wahrnahm.

Herr Schwarz pfiff das Warmlaufen ab und schickte Herbert in die Kabine. Herbert stützte sich auf Pauls Schulter, fluchte und humpelte auf seinem gesunden Fuß über den Platz und die Stufen hinunter.

Nur nicht verwechseln, sagte Herbert, als sie außer Hörweite waren, rechts ist gut und links ist schlecht. Wenn nur nichts gebrochen ist.

Dann lachte er.

Der Trainer, der auch ihr Turnlehrer war, war leicht reinzulegen. Alle in der Klasse wussten das und die Mädchen nutzten seine Leichtgläubigkeit schamlos aus. Mir ist schlecht, sagten sie, und schon durften sie auf der Bank am Rand der Turnhalle sitzen und zuschauen, wie sich die anderen plagten. Und Herbert bandagierte sich vor Prüfungen, die ihm Angst einjagten, einfach ein Knie oder die Hand und schaute wehmutsvoll zu, wie die anderen am Seil bis unter die Decke der Halle kletterten.

Als sie am Bahnhof ankamen, sahen sie schon die Menschenmenge auf der anderen Seite des Platzes. Die Polizei hatte den Park abgeriegelt und an der Absperrung stand eine Menschentraube. Sie überquerten den Bahnhofsplatz im Laufschritt und drückten sich zwischen der Menge durch, bis sie vor der Kette der Polizisten standen.

Herbert zeigte zwischen zwei Uniformen hindurch auf die steinernen Stufen, die zum Sockel des Soldatendenkmals hinaufführten. Man sah nichts Besonderes, nur etwas Sägemehl, das dort verstreut war und eine breite Spur zog hinauf zur Plattform. Ansonsten war alles wie immer.

Verstehst du nicht, sagte Herbert, um das Blut aufzusaugen.

Sie gingen um die Absperrung herum, auf die Straße, die hinter dem Bahnhofspark in die Innenstadt führt. Dort stand ein schwarzer Wagen mit getönten Heckscheiben und einem Kreuz über der Frontpartie, halb auf dem Gehsteig geparkt. Es war ein Fiat Kombi und wenn so einer vorbeifuhr, bekreuzigte sich Pauls Mama.

Sie haben ihn schon aufgeladen, flüsterte Herbert.

Sie stellten sich hinter einen Baum auf der gegenüberliegenden Straßenseite und Paul hielt sich an seiner Rinde fest. Hinter den getönten Scheiben des Wagens war nichts auszumachen. Aber irgendetwas, vielleicht war es die Kälte des Herbstmorgens, jagte Paul die Gänsehaut über Brust und Arme.

Wir müssen näher heran, sagte Herbert, hier sieht man überhaupt nichts.

Er stellte einen Fuß auf den Bordstein und sah Paul fragend an.

Geh du allein, sagte der.

Zu Hause stand bereits das Mittagessen auf dem Tisch, große, braun gebratene *Ossobuchi* in roter Tomatensoße, vom Vortag aufgewärmt.

Iss, sagte Pauls Mutter, aber er schnitt nur das Fleisch klein und schob es auf seinem Teller hin und her. Die Vorstellung, dass in dem Leichenwagen, der hinter dem Denkmal gestanden war, zwanzig oder hundert Fleischstücke lagen, die einmal ein ganzer Mensch gewesen waren, schnürte ihm die Speiseröhre zu.

Er drehte die Fleischstücke auf dem Teller um und sah auf ihre abgeschnittenen Fasern und den porösen weißen Knochen mit dem Loch in der Mitte. Der Metzger hatte das Bein hinten in seinem Laden auseinander gesägt, während er vorn an der Theke gewartet hatte.

Iss endlich, sagte seine Mutter und stieß ihn an, was hast du denn?

Keinen Hunger, sagte Paul.

Er wusste, dass sie gleich sagen würde, dass man in seinem Alter immer Hunger hätte und dass sie schließlich für sie alle gekocht habe. Also spießte er ein Stück von dem Fleisch auf die Gabel und schob es in den Mund. Er kaute darauf herum, rollte es mit der Zunge zwischen den Backenzähnen hin und her, und dann stieß er auf etwas Hartes, einen Knorpel vielleicht oder eine Sehne. Es blieb ihm gerade noch Zeit, sich vom Tisch wegzudrehen.

Seine Schwester starrte auf die rötliche Lache, die sich auf dem Teppich ausbreitete, stöhnte auf und stürzte ins Bad, hustend und würgend. Er hörte, wie das Wasser in der Klomuschel rauschte, dann schickte ihn seine Mutter aufs Zimmer.

6.

Es war eine alte, verlotterte Fremdenpension gewesen, die Polizeikaserne in ihrem Viertel, bis eines Tages ein Bus voller Polizisten angekommen war und sie ihre Taschen und Koffer durch den Vorgarten geschleppt hatten. Zwei Tage später hielt ein weißer Kombi vor dem Haus und zwei Männer trugen einen großen Karton hinein.

Hast du gesehen, sagte Herbert, ein Fernseher.

Von jetzt an hielt einer der Polizisten Wache vor dem Tor, das Gewehr auf der Schulter, und die Jungen standen manchmal am Zaun und sahen zu, wie er seine Runden drehte. Sie standen auch da, als das Endspiel der Fußballweltmeisterschaft im Fernsehen übertragen wurde, und versuchten, durch das offene Fenster hindurch einen Blick auf den Bildschirm zu erhaschen.

Der Posten, der den Eingang der Kaserne bewachte, entdeckte sie und winkte sie zu sich. Er fragte, ob sie hineingehen und das Spiel sehen wollten. Herbert nickte und dann standen sie in der Tür zum großen Essraum, wo die Stühle im Halbkreis vor dem Fernseher zusammengeschoben waren.

Der Posten holte zwei weitere Stühle und schob die Jungen zwischen den Tischen nach vorne. Macht es euch bequem, sagte er, und die Polizisten, die hinter ihnen saßen, sagten, dass sie sich endlich setzen sollten.

Nimm deine Kappe ab, flüsterte Herbert, sonst sehen die nichts.

Paul klemmte seine Mütze zwischen die Beine und machte sich klein. Dann sah er nach hinten und vergewisserte sich, ob er niemandem die Sicht nahm.

Aber die Männer hatten sie schon vergessen und starrten auf den Fernseher, in dem das Spiel der Spiele lief. Jedes Mal, wenn der Ball in den Sechzehner der Deutschen geschossen wurde, schrien einige von ihnen auf und klatschten in die Hände. Die Gläser und Flaschen, die auf den Tischen standen, klirrten im Rhythmus der Torchancen.

Die halten alle zu den Engländern, flüsterte Herbert.

Paul beugte sich nach vorn, um zwischen zwei Schultern auf den flimmernden Schirm zu sehen, und nahm sich vor, keine Regung zu zeigen, wenn den Deutschen ein Tor gelänge.

Dann schossen die Engländer das 3:2. Der Ball knallte gegen die Querlatte, sprang nach unten, dann sah er nichts mehr. Vor ihm und hinter ihm waren alle aufgesprungen und schrien durcheinander, und als er den Bildschirm wieder im Auge hatte, zeigte der Schiedsrichter bereits auf den Mittelkreis zum Anstoß.

Das war doch kein Tor, sagte Herbert, eindeutig. Der Ball war doch nie und nimmer hinter der Linie.

Als er nach Hause kam, wollte Vater wissen, wo er sich so lange herumgetrieben hatte. Er war gerade von der Arbeit zurück, saß in der Küche und sah von der Zeitung auf, als Paul seine Schultasche auf der Kommode abstellte.

Er erzählte ihm, dass heute das Endspiel der Fußballweltmeisterschaft ausgetragen worden war und dass man Herbert und ihn eingeladen hatte, sich das Spiel im Fernsehen anzuschauen.

Wer, fragte der Vater. Und als er hörte, dass sie in der Polizeikaserne gewesen waren, drehte er sich zu Pauls Mutter um und fragte sie, ob sie gewusst habe, wo ihr Sohn die Nachmittage verbringe.

Nur heute, sagte Paul und versuchte seinem Vater zu erklären, dass eine Fußballweltmeisterschaft nicht jeden Tag, sondern nur alle vier Jahre stattfinde.

Ja und, entgegnete dieser, deshalb muss man doch nicht zu diesen Hurensöhnen gehen.

Aber, sagte Paul, doch der Vater schüttelte unwillig den Kopf.

Erklär du es ihm, sagte er über seine Schulter zurück zu Pauls Mutter, mich will er nicht verstehen.

Und dann stand er auf, nahm seine Jacke und seinen Hut und ging nach draußen. Paul hörte, wie er den Schuppen aufschloss, die Vespa auf die Straße schob und wegfuhr.

Seine Mutter stapelte die Teller auf der Anrichte übereinander und drehte sich, als das Motorengeräusch verklungen war, zu ihm.

Es ist besser, du gehst da nie mehr hin, sagte sie und schaute kummervoll, verstehst du das?

Ja, sagte Paul.

Als sie den Vater dann verhafteten, war Paul froh, jenen aus dem Haus zu haben, der ihm das verbot, was allen anderen erlaubt wurde. Seine Mutter war weicher, wenn er sie nur lange genug bettelte, gestattete sie ihm alles. Nur in die Polizeikaserne durfte er nie mehr.

Nein, sagte sie, ausgeschlossen, du hast gehört, was Vater gesagt hat.

Er kann mich ja nicht sehen, antwortete Paul.

Oder manchmal versuchte er ihr beizubringen, dass es Vater ja nicht zu wissen brauche. Doch seine Mutter blieb hart.

Am Sonntagabend gingen Herbert und er manchmal vor die Kaserne und schauten durch das Fenster in den Speisesaal, wo sich die Polizisten während des Abendessens die Übertragung eines Serie-A-Spiels ansahen. Wenn Enrico vorbeikam, fragte er sie, ob sie sich nicht dazusetzen wollten. Aber Paul sagte jedes Mal, dass er gleich nach Hause müsse, weil er noch Schulaufgaben zu machen hätte, und Herbert nickte verständnisvoll und meinte, dann müsse er die Sache eben alleine auf sich nehmen.

Enrico hatte etwas mit Herberts Schwester, die schon von zu Hause ausgezogen war und mit einer Freundin in der Altstadt wohnte. Sie gingen abends zusammen weg, ins Kino oder zum Tanzen, bis Enrico wieder in die Kaserne zurück musste. Manchmal saßen sie in der Roxy-Bar und durchs Fenster hindurch konnten die Jungen sehen, wie er die Hand um ihre Schulter legte und sie sich küssten. Er steckte die Zunge in ihren Mund und sie in seinen und wenn man nahe genug ans Fenster trat, sah man deutlich, wie sich ihre Wangen vom Geschlinge der beiden Zungen beulten.

Ich wette, sie treiben es auch miteinander, sagte Herbert.

Bestimmt, antwortete Paul.

Am Montag berichtete ihm Herbert im Bus, welches Spiel sie im Fernsehen gezeigt hatten und wie es ausgegangen war. Er kannte die Namen aller berühmten Spieler und wusste um ihre Eigenheiten. Der Mazzola, sagte er, dem brauchst du nur den Ball zu geben an der Mittellinie, und dann knallt's. Oder der Eusebio. Und der Lew Jaschin, der beste Tormann, den es überhaupt gibt.

Paul nickte und versuchte sich die Namen zu merken, die Herbert aufzählte. Vielleicht konnte er auch einmal jemandem die Liste der besten Spieler der Welt in einem Atemzug herunterbeten. Aber von den Mädchen in seiner Klasse interessierte sich keines für Fußball.

7.

Komm mit, sagten Alex' Blicke, sagte das Winken seines Arms, ich drehte das Wasser ab am Spülbecken und holte meine Jacke. Die blaue mit den vergoldeten Knöpfen, ich stellte mich noch vor den Spiegel, und draußen im Gang Alex' Hand am Türgriff, die nicht länger warten wollte.

Unten stand das Auto, Herr Kammerer, der Geschäftsführer, hinterm Lenkrad, bei offenem Fenster. Sobald er mich sah, sprang er heraus und beugte sich über meine Hand, das war eins. Meine Finger zuckten zurück, ich bin das nicht gewohnt. Vielleicht bin ich auch rot geworden, die Hitze, die ins Gesicht schießt, über die Schläfen bis unter die Haarwurzeln, das kann passieren. Darf ich Ihnen meine Tochter vorstellen, sagte er. Erika saß hinten im Wagen und sagte gleich du zu mir.

Vorne die Männer, im Fond die Frauen, die Fahrt ging stadtauswärts, ein Sonntagsausflug, lachte Herr Kammerer, ein Ausflug ins Blaue. Und zu Hause niemand, der die Wäsche macht, Alex' schmutzige Arbeitsanzüge, die er mir auf den Rand der Wanne legt jeden Abend. Ich schrubbe seinen Schweiß aus dem Stoff, den Arbeitsschweiß, den Angstschweiß. Ich rieche ihn, auch wenn er nicht darüber redet. Wer weiß, wer ihn wieder in die Enge getrieben hat, ein Wort erpressen wollte, einen ganzen Satz.

Herr Kammerer aber versteht es mit Alex zu reden. Er legt ihm die Wörter zurecht, die Antwortgesten, so wie man jemandem Brot schneidet und reicht. Nicht wahr, sagt Herr Kammerer, man muss doch auch einmal raus und nicht immer nur Arbeit, Arbeit. Das findest du doch auch, Alexander, er nimmt seine Hand vom Lenkrad und legt sie Alex auf die Schulter.

Bei diesem hier brauchst du nicht zu reden, mein Bruder, keinen verzweifelten Anlauf nehmen gegen die Tücken der Silben, nur nicken, nicken, und der Tag ist gerettet.

Und Alex nickt und streckt seine Beine aus, er wirft mit Blicken um sich, sieht zurück zu mir, zu Erika, ein wunderbarer Tag heute. Und dann hinaus an die frische Luft, als das Auto zu stehen kommt, auf der Höhenstraße hoch über der Stadt, ins Gras, ins Grüne. Ich halte mich an der geöffneten Tür fest, tief durchatmen, während die anderen über die frisch gemähte Wiese gehen, hinaus bis zum Bildstock, wo eine Bank steht und einlädt. Ich sehe ihnen zu, wie sie gestikulieren und in die Landschaft zeigen, und versuche, in den Bauch hineinzuatmen. Beinahe hätte ich mich übergeben müssen, die Kurven aus der Ebene herauf waren zu viel gewesen, auch das bin ich nicht gewohnt.

Dann kommen sie zurück, Herr Kammerer erkundigt sich, wie's mir geht, nennt mich Fräulein Hanni, das schöne Fräulein Johanna, und Alex hat ein Lachen im Gesicht wie noch nie. Es ist nicht mehr weit, sagt Erika, eine halbe Stunde knapp. Sie und ihr Vater kennen das Gasthaus am Berg, sie waren schon da, mehr als einmal. Es ist etwas für glückliche Stunden.

Oben kommt der Kellner und zählt die Speisen auf, die sie für uns haben. Alex sitzt an meiner Seite und es ist ganz anders. Nichts, das mehr an früher erinnert, an die Küchentischarena zu Hause. Die verbissenen Übungen nach dem Essen, der Bub neben mir, der die Wörter und Sätze wiederholen soll, die ihm der Vater vorspricht, wieder und wieder, bis die Langmut das Scheitern nicht mehr aushält und kippt.

Und von Tag zu Tag wurde der Friedhof der Wörter größer, die erstickten Silben, die Steißlagen, die nicht herauswollten, die Totgeburten.

Ein riesiger Haufen aus Wortleichen, der sich absetzte in ihm, der zu modern begann und ihn anfraß von innen, seine Organe, Herz und Lunge, bis es nicht mehr auszuhalten war. Wenn er doch kotzen könnte, habe ich mir gedacht.

Ich sehe Alex von der Seite an, er will nichts essen, nur trinken. Ich bestelle Sodawasser für ihn und mich, Alex aber schüttelt den Kopf, deutet auf das Weinglas am Tisch. Und Herr Kammerer lacht dazu, er legt seinen Arm um Erika, Wasser ist zum Waschen da, singt er und Alex hebt sein Glas, damit alle mit ihm anstoßen können.

Nachher will noch gewandert werden, so ein schöner Sommertag draußen, der kommt kein zweites Mal, wir gehen durch den Wald hinauf bis zur Kuppe, Alex mit Herrn Kammerer, dahinter Erika und ich. Sie ist so jung, gerade mal achtzehn, und das Leben wie ein Spaziergang. Sie trällert vor sich hin, erzählt von Filmen, in denen sie war, von den Frisuren der Schauspieler, und will alles wissen von mir, von Alex. Sagt, ich solle mir meine Zöpfe schneiden lassen, einen modernen Schnitt, dann läuft sie in die Lichtungen, kommt mit Blumen zurück, einem ganzen Büschel. Sie wird sie zu Hause ins Glas stellen und mitten auf den Tisch als Erinnerung an heute.

Alex ist schon weit voraus, er hat seine Jacke ausgezogen und über die Schulter gelegt. Als wir nachkommen, stehen die Männer auf der Aussichtsterrasse, Herr Kammerer redet auf Alex ein, und dann dreht dieser seinen Kopf, als er unsere Schritte hört. Erika zeigt ihrem Vater den Strauß, ihre Dotterblumen, Lungenkraut, und dann streckt sie ihn Alex hin, ist er nicht schön.

Alles ist schön heute, sagt Herr Kammerer, er wendet sich dem Tal zu, das unter uns dahinfließt, und es ist etwas Feierliches in seiner Stimme. Schaut doch, unser Land. Unser schönes, geknechtetes Land.

Ja, sagt Alex, unser schönes Land. Einfach so, die Worte purzeln über seine Zunge und er lacht und seine Augen blitzen und mein Herz springt.

8.

Ja, hatte Alex gesagt, unser schönes Land. Die Wörter waren über seine Zunge geschlüpft, ein ganzer Satz, glatt und gleitend, ohne hängen zu bleiben.

Zu Hause saßen wir uns gegenüber und sahen uns an. Ich wartete darauf, dass es weiterging, dass er mir noch einen Satz schenkte, mir und ihm. Irgendwann wird der Damm brechen, sagte ich mir, sagte es in mir.

Aber heute nicht mehr, Alex rührt in seiner Tasse, die Lippen zusammengekniffen, den Kopf in den Wolken. Ich frage ihn, was los ist, doch er zieht nur die Schultern nach oben, nichts. Vielleicht traut er sich selbst nicht.

Dann springt er vom Tisch auf in einem Satz, läuft ans Regal, zieht eines meiner Lehrbücher heraus, wahllos. Setz dich doch, sage ich. Er holt den Stuhl zu sich heran, weg vom Tisch, weg von mir, und sein Blick bleibt im Buch. Ich sehe ihm zu, wie sein Finger über die Ränder der Seiten wandert, über die scharfen Kanten, die Augen irgendwo, sehe ihm zu, wie er sich ins Nachdenken blättert.

Ich sehe zu, wie er in sich hineinfällt, in das, was heute gewesen ist, und manchmal geht sein Blick über den Rand des Buches hinaus, ins Leere. Nur die Finger geben vor, bei den Buchstaben zu sein, in einer Abhandlung, die ihn packt und festhält. Alex, rufe ich ihn, aber er ist schon zu weit weg.

Wohin jetzt mit meinem kleinen, unsicheren Glück? Ich trete hinaus auf den Balkon vor der Küche und sehe den Hang hinauf, da wo wir gewesen sind. Die Sonne ist untergegangen, der Tag nur mehr ein schwaches Licht auf den Bergrücken und aus der Talsohle kriecht das Dunkel in die Wälder. Drüben im Nachbarblock gehen der Reihe nach die Lichter an, im Stiegenhaus, in den Küchen, in den überladenen Wohnzimmern.

Auch Alex wird bald nichts mehr sehen in seinem Buch, ich gehe zurück in die Küche und knipse das Licht an. Er schreckt aus seinen Gedanken hoch, die Augen einwärts gedreht, die Lippen vernäht.

Jetzt hätte ich ihm gerne in den Mund geschaut, wie früher zu Hause im Spiel. Wir kannten nichts anderes, Alex' Zunge war das kranke Organ der Familie und der Patient legte sich zurück in die Kissen und zog auf Geheiß die Lippen auseinander, den Kiefer. Hier drinnen tat es weh, hier lag die Quelle des Übels, hier musste eingegriffen werden. Und die Frau Doktor, rittlings auf dem Patienten, drückte den kalten Löffelstiel auf die Zunge, und im Licht der Taschenlampe wurde die Mundhöhle inspiziert.

Wenn ich das speichelglänzende Metall des Löffels gegen das Gaumensegel schob, kam das Würgen, das Schütteln des Körpers, das eindeutige Indiz. Hier stimmt etwas nicht, sagte die Frau Doktor, hier muss behandelt werden, die richtige Medizin gefunden. Und der Patient, hingebungsvoll und froh, dass endlich etwas getan werde gegen die Krankheit, lächelte und ließ sich Wasser verschreiben zum Gurgeln, nahm seine Medizin und ließ sich widerstandslos auf die Operationsliste setzen.

Wenn die Mutter ins Zimmer kam, jagte sie uns auseinander, es war ein garstiges Spiel, wir zwei aufeinander, Körper an Körper, und ein sinnloses, denn die Krankheit wütete weiter, kaum hatte sich die Ärztin in die große Schwester zurückverwandelt, die weggeschickt wurde und getadelt, weil sie die Ältere war, die vernünftig zu sein hatte.

Jetzt hätte ich ihm gerne in den Mund geschaut, aber Alex winkte ab, als er meinen Blick sah, er wollte keine Behandlung, keine Frage nach dem Befinden, nichts. Morgen vielleicht, dachte ich, morgen, wenn wir bis dahin nicht zu alt geworden sind für Spiele.

9.

Paul konnte sich nicht erklären, warum man seinen Vater eingesperrt hatte. Und niemand war da, der ihm etwas sagte. Seine Mutter versuchte so zu tun, als wäre Vater nur kurz weggefahren, wie er es öfter gemacht hatte. Am Samstagabend oder am Sonntagmorgen, ohne dass er groß gesagt hätte, wohin er ging.

Im Flur hing immer noch seine Jacke am Haken, sein Hut lag auf der Ablage neben Pauls Mütze, und irgendwann würde er zur Tür hereinkommen und einfach wieder da sein.

Wenn Onkel Anton mit Mama allein war, steckten sie manchmal die Köpfe zusammen und redeten leise miteinander. Bestimmt sprachen sie über Vater und warum es so gekommen sei. Wenn Paul ins Zimmer trat, schreckten sie auseinander und warteten, bis er wieder weg war.

Ihr könnt es uns ruhig erzählen, sagte Pauls Schwester, wir sind alt genug.

Es war plötzlich aus ihr herausgeplatzt, ohne Vorwarnung, und Mama schaute hilflos. Sie nahm ihre Hände aus der Schürze und legte sie auf den Tisch.

Na, sag schon, wiederholte Maria, was hat er getan?

Er hat gar nichts getan, sagte ihre Mutter.

Maria stürzte sich auf sie und packte sie an den Schultern. Sie schrie, dass sie ihr kein Wort glaube und dass sie es endlich wissen wolle.

Jetzt waren wieder die Tränen da. Der plötzliche Glanz in den Pupillen und dann die Tropfen, die in die Augenwinkel schossen. Sie quollen über die Lidränder, bahnten sich einen Weg nach unten und zogen eine schimmernde Spur über die Wange und über den blonden Flaum auf Mamas Oberlippe. Wenn sie aufschluchzte, fielen die kleinen Tröpfchen, die am Rand der Lippen hängen geblieben waren, in den geöffneten Mund. Von dort konnten sie dann wieder aufsteigen in die Tränensäcke, so stellte sich Paul das vor, das war Mutters Tränenkreislauf.

Maria verstummte. Sie sah ein, dass sie es zu weit getrieben hatte, lief über die Treppe in ihr Zimmer und knallte die Tür zu. Paul holte seiner Mutter ein Taschentuch vom frisch gebügelten Wäschestoß auf der Kommode und dann sagte sie, immer noch schluchzend: Wir müssen doch jetzt alle zusammenhalten.

Die einzige weitere Erklärung, die Paul bekam, war die von Onkel Anton, der sagte, dass er das noch nicht verstünde, weil es etwas Politisches sei.

Am nächsten Tag war Herberts Platz im Schulbus leer. Paul hatte sich vorgenommen ihn zu fragen, ob er wisse, was etwas Politisches sei. Vielleicht hatte ihm auch seine Mutter etwas erzählt, etwas, was sie aus dem Café am Danteplatz, wo sie arbeitete, mit nach Hause brachte.

Aber Herbert kam nicht in die Schule. Sie sahen sich erst am Nachmittag vor dem Training und Paul fragte ihn, wo er heute Morgen gewesen sei.

Herbert holte aus und schoss den Ball mit aller Wucht gegen die Mauer der Umkleidekabinen, sodass der Putz nach allen Seiten wegspritzte.

Rate mal, sagte er.

Vielleicht hatte er geschwänzt, war im Bett liegen geblieben und hatte seiner Mutter gesagt, dass er krank sei. Das machte er meistens so, wenn er keine Lust hatte, in die Schule zu gehen. Seine Mutter hatte es am Morgen immer eilig und deshalb keine Zeit, mit dem Fieberthermometer zu überprüfen, wie ernst die Krankheit war.

Herbert drosch weiter auf den Ball ein und versuchte, das von der Mauer zurückspringende Leder mit den Händen zu fangen.

Das errätst du nie, schrie er und der Ball flog über ihn hinweg und rollte weit hinten über den ausgetretenen Rasen.

Als Herbert mit dem Ball unter dem Arm zurückkam, stellte er sich vor Paul hin und sagte: Du wirst nie draufkommen. Ich war in der Stadt, den ganzen Vormittag. Mit Kaki.

Mit Stella, fragte Paul, was machst du mit der?

Stella Modigliani war ein Mädchen aus der italienischen Parallelschule, deren Pausenhof an ihren angrenzte. Sie nannten sie Kaki, weil sie rund und fleischig war wie die Früchte, die im Spätherbst in den Vorgärten der Stadt auf den kahlen Bäumen hingen, bis sie die Stürme zu Boden warfen und aufplatzen ließen. Und vielleicht auch deshalb, weil Kaki fremde südländische Früchte waren wie Stella.

Der Platzwart, der im Sommer den Rasen des Fußballplatzes mähte und ihre Zigarettenstummel hinter den Umkleidekabinen zusammenkehrte, war ihr Vater, und manchmal stand sie am Zaun und sah zu, wie sie sich abmühten, um gute Fußballer zu werden. Wenn Herr Modigliani seine Tochter erblickte, humpelte er auf seinen krummen Beinen über den Platz und schickte sie nach Hause. Aber sobald er verschwunden war, tauchte ihr runder Körper wieder hinter dem Maschendraht auf und ihre dunklen Kuhaugen folgten den Bewegungen der Jungen.

Und, fragte Paul, wie war's?

Ach, antwortete Herbert und zog den Laut in die Länge, ganz normal.

Paul konnte sich nicht vorstellen, was man einen ganzen Vormittag lang mit einem Mädchen machte.

Vielleicht bist du noch zu klein, sagte Herbert, aber du kannst ja mal mitkommen, wenn du willst.

Paul wurde zwölf und an seinem Geburtstag war sein Vater schon nicht mehr hier. Er vermisste ihr Geburtstagsritual und den Lackgeruch, den der Vater mit nach Hause brachte, den beißenden Geruch nach Holzlack, den sie in der Tischlerei auf die Möbel strichen und der an seiner Haut haften blieb, auch wenn er sich nach der Arbeit von oben bis unten wusch.

An ihren Geburtstagen maß ihr Vater ab, wie groß Paul und Maria geworden waren. Er stellte sie an den Türstock, wo die Bleistiftmaße ihrer letzten

Jahrestage in unregelmäßigen Abständen übereinander standen.

Steh gerade, mein Sohn, sagte er immer, und als der Strich über seinem Haar gezogen war, war Paul ein Jahr älter und erwachsener geworden.

Mama schien das Ritual vergessen zu haben und Paul fragte sie, ob sie nicht meine, dass er im letzten Jahr ein gutes Stück größer geworden war. Sie blickte kurz von ihren Töpfen auf und sagte lachend, dass er fast schon ein richtiger Mann sei. Dann schnitt sie Schnittlauch klein, in kurzen hackenden Bewegungen, schimpfte mit Maria und dachte keinen Augenblick mehr daran, das Metermaß zu holen und zu überprüfen, ob es wirklich stimmte.

Paul konnte sich nicht vorstellen, wie es wäre, erwachsen zu sein. Wenn er daran dachte, war seine einzige Vorstellung die, dass auch er einmal Holzlack nach Hause tragen würde, der sich mit dem Schweißgeruch aus seiner Achselhöhle mischte und nicht mehr abzuwaschen war. Jeden Tag müde nach Hause kommen, wie es Vater tat, in ein Haus, wo eine Frau auf ihn wartete, vielleicht eine, die roch wie seine Mutter. Oder wie Stella Modigliani.

Vielleicht war es aber auch ganz anders, erwachsen zu werden, unvorstellbar anders, und das Gefühl, dass er keine Ahnung hatte, wie es ausgehen würde, zog ihm den Magen zusammen. Es war fast so wie vor einem schweren Spiel, wenn sie sich aufwärmten und verstohlen auf die Mannschaft in der anderen Platzhälfte schielten. Auf die Gegner, die ihnen riesig vorkamen für ihr Alter, viel größer als sie selbst und mit enormen Oberschenkeln, und das Einzige, was sie vielleicht tun konnten, war, danach zu trachten, die Niederlage in Grenzen zu halten.

10.

Die gelbe Gefahr, hast du das etwa kapiert, sagte Herbert, als sie über die Stiegen des Schulgebäudes ins Freie kamen, was soll das bedeuten, diese gelbe Gefahr?

Die anderen Schüler überholten sie und rannten über das Asphaltband nach hinten in den Hof. Herbert blieb auf dem Treppenabsatz stehen und hielt Paul am Ärmel zurück. Na, sag schon.

Die Chinesen, sagte Paul, weil sie gelb sind. Weil sie gelbe Gesichter haben und eine gelbe Haut.

Ach, machte Herbert, und was soll da dran gefährlich sein?

Die Jungen drückten sich an die Mauer, um die Lehrer vorbeizulassen, die zur Aufsicht in den Pausenhof herunterkamen. Der Religionslehrer stellte sich an die Einfahrt, um zu verhindern, dass jemand auf die Straße lief oder in das Süßwarengeschäft nebenan, und winkte zu ihnen herauf, dass sie weitergehen sollten.

Aber Herbert wollte endlich wissen, was die gelbe Gefahr sei. Er hatte sich während der Stunde unter der Bank mit irgendeiner Hausaufgabe beschäftigt und nichts mitbekommen von dem, was der Lehrer erzählt hatte. Er hatte ihnen den italienischen Stiefel auf die Tafel gezeichnet und daneben die Umrisse von China, und der Zeigestock in den Händen des Lehrers war durch die Luft gesaust, um immer wieder auf die eine Stelle, den großen Fleck auf der rechten Tafelhälfte, einzustechen.

Im Vergleich mit Italien war China unheimlich groß und Paul verstand gut, dass man deshalb Angst bekommen konnte.

Er erklärte Herbert, dass die Chinesen so viele wären, fast eine Milliarde.

Und jede Sekunde kommen neue dazu, sagte er, das macht mindestens ein paar Hunderttausend pro Tag.

Wahnsinn, sagte Herbert.

Und bald werden es so viele sein, sagte Paul, dass sie in China zu wenig Platz haben, und dann überfallen sie uns. Verstehst du.

Sie setzten sich auf den Mauervorsprung an der Ostseite des Gebäudes und packten ihre Brote aus dem Butterpapier. Die Sonne, die schräg in den Schulhof fiel, zeichnete ihre Schatten auf den Boden, dreimal so groß, wie sie in Wirklichkeit waren, und Paul fiel ein, dass er Herbert wohl nicht fragen konnte, was etwas Politisches sei.

Wenn ich dein Vater wäre, sagte Herbert mit vollem Mund, wäre ich froh, wenn die gelbe Gefahr kommt.

Drüben auf dem Pausenhof der Nachbarschule stand Stella. Sie sammelte einige der gelbbraunen Blätter, die von den Bäumen gefallen waren, vom

Boden auf und stellte sich dann zu zwei Mädchen, die beide denselben Schottenrock trugen. Auch sie hatten Blätter aufgelesen, sie trugen sie in der Hand wie einen Blumenstrauß, und dann sah Paul, wie sie die Köpfe zusammensteckten und miteinander redeten. Zwischendurch schaute eines der beiden Mädchen über die Schulter zu ihnen herüber und dann hörte man ihr Lachen.

Herbert fragte, ob sie ihren Vater besuchen dürften im Gefängnis, oder ob das verboten sei.

Jetzt sah auch Stella her. Ihre offenen Haare flatterten übers halbe Gesicht, wenn sie ihren Kopf drehte. Sie hatten dieselbe Farbe wie die Rosskastanien, die zwischen den Blättern auf dem Boden lagen.

Na, sag schon, stieß Herbert ihn an.

Doch, sagte Paul, aber nur einmal im Monat, und Herbert warf das Papier, in das sein Brot eingepackt gewesen war, in weitem Bogen über die Köpfe der Schüler, die vor ihnen herumstanden. Als sie von der Mauer heruntersprangen und sich anstellten, um wieder in ihre Klasse zu gehen, waren Stella und die beiden Mädchen verschwunden.

Zu Hause saß Onkel Anton neben Mama auf dem Sofa. Er war vom Bahnhof gekommen und als Paul ins Wohnzimmer trat, machte Onkel Anton ihm vor, wie der Zug ihn durchgeschüttelt habe. Er ruckte auf seinem Sitzkissen auf und ab und gab Laute von sich, die das Geräusch des Zuges nachmachen sollten. Er schaute Paul an, als würde er darauf warten, dass er mitlachte. Aber nur Mama hielt sich kichernd an der Lehne fest, weil sie durch Onkel Antons Hopsen fast vom Sofa gerutscht wäre.

Alles in Ordnung, sagte Onkel Anton, als ihn Paul nach Vater fragte.

Paul nahm seine Schultasche und verzog sich. In der Küche holte er die Landkarte aus der Tasche und rechnete die Entfernung zwischen ihrer Stadt aus und der, wo sein Vater jetzt war. Man hatte ihn verlegt, in ein anderes Gefängnis, in eine andere Stadt, noch weiter weg von ihnen. Paul legte das Lineal auf die Karte und multiplizierte die Zentimeter mit der Zahl, die links unten im Maßstab stand.

Zwanzig Millionen Zentimeter war sein Vater von ihnen entfernt. Bestimmt hatte er auch diesen Sonntag im Besucherraum auf sie gewartet, auf ihn, Mama und seine Schwester. Aber dann war nur Onkel Anton mit seinen Scherzen gekommen und hatte ihm schöne Grüße von daheim ausgerichtet. Vielleicht hatte er ihm auch gesagt, dass sie nicht kommen konnten, weil sie zu wenig Geld hatten für die lange Reise.

Wahrscheinlich ist es besser so, dachte Paul, dann würde Vater nicht dauernd an sie erinnert. Und Onkel Anton konnte auch besser mit ihm reden, konnte „Alter" zu ihm sagen und lachen. Er selbst wäre ohnehin nur daneben gesessen und hätte Angst gehabt vor Vaters Schweigen und seinen schmalen, schweren Händen. Und auch davor, dass Vater ihn plötzlich fragen könnte, ob er sich wünschte, dass er wieder zurückkomme. Jetzt, wo sein Vater so weit weg war, hatte Paul nichts zu befürchten. Zwanzig Millionen Zentimeter Luftlinie von hier bis Mailand, das war mehr, als er sich vorstellen konnte.

11.

Wir werden zurechtkommen, sagte ich mir. Ich trug Alex' Wäsche vom Bad ins Zimmer, und manchmal, wenn ich den Schrank öffnete und seine Hemden übereinander stapelte, schoss mir ein kleines Glücksgefühl in den Bauch.

Wir waren dabei, Ordnung in unser Leben zu bringen, ich in meines und er in seines. Die blauen Arbeitsanzüge, die ich Kante auf Kante legte, trugen die Namen von Tagen, und wenn ich durchzählte, kam ich leicht bis Samstag. Die Welt war da, um sie zu erobern, diese Stadt, die ich nicht kannte, dieses Viertel, dessen Sprache ich erst lernen musste. Auch im Krankenhaus sprachen die Klosterschwestern italienisch und die Ärzte, wenn sie überhaupt das Wort an eine Lehrschwester wie mich richteten, und jede Woche kamen neue Sätze in meinem Kopflexikon dazu. Nach der Arbeit wartete ich auf Alex, bis er heimkam, und wenn er die Tür hinter sich zuzog, waren wir wieder einen Tag weitergekommen.

Aber bald war ich nicht mehr allein Alex' Zunge. Er fand andere, in der Arbeit, im Betrieb, die ihm die Wörter aus dem Mund nahmen und für ihn sprachen, Kammerer zuerst und dann der andere. Der, der eines Abends in der Wohnungstür stand und nach Alex verlangte. Es war schon dunkel gewesen und ich hatte zögernd geöffnet. Er sei ein Kollege meines Bruders, ein guter Freund, er blieb im Gang stehen, bis Alex aus seinem Zimmer kam. Ließ sich nicht in die Küche bitten, wollte keinen Tee, keinen Kaffee, nur warten, bis Alex seine Schuhe geknüpft hatte, und dann verschwinden.

Später erst, Wochen später, erzählte mir Alex, dass das der Spengler sei, der Spengler, der das Blech biege. Ein Freund, sagte er; ein guter Freund, fragte ich und Alex nickte mit dem Kopf. Den Namen des Spenglers hat er nie genannt.

Er holte Alex ab, immer öfter, abends nach der Arbeit, und ich blieb in der Wohnung sitzen und fragte mich. Und wenn er zurückkam, fragte ich ihn. Er zog die Schultern hoch und winkte ab, nichts Besonderes. Das, was Männer so tun nach einem langen Tag, Karten spielen, zusammensitzen.

Aber manchmal kam mein Bruder zurück von diesen Abenden und ich erkannte ihn nicht wieder. Da war etwas Entschlossenes in seinem Gesicht, etwas Männliches, etwas, was er mir nie gezeigt hatte. Er wird erwachsen, sagte ich mir vor. Und wenn ich ihn fragte, ob er bei einem Mädchen gewesen war, lachte er. Er lachte und schüttelte den Kopf, er lachte mich aus, wie man eine auslacht, die eifersüchtig ist und der man zu verstehen geben will, dass es nicht den geringsten Anlass dafür gebe. Und lachte und ging wieder.

Der Spengler wartete unten im Auto, oder Kammerer oder jemand, den ich nicht kannte. Durchs Fenster sah ich, wie Alex aus dem Hauseingang ins Freie trat und aufs Auto zusteuerte, mit seinen geschmeidigen Bewegungen, jemand öffnete die Wagentür von innen und für einen Augenblick glitt Licht über die Gesichter, über Alex' Lachen. Nein, Mädchen war nie eines dabei.

Trotzdem das Gefühl jedes Mal, als würde mir etwas verloren gehen. Wie der Ring, der einem vom Finger gleitet beim Abwasch, und wenn man es merkt, ist er schon im Ausguss oder noch weiter. Wenn ich meinem Instinkt nur getraut hätte.

Dann kommt Erika zu mir, an einem blauen Sonntag. Alex ist weggefahren, schon am Morgen, und Erika sitzt mit mir den Nachmittag ab in der Küche, verschüttet Kaffee. Ich muss mich zurückhalten, nicht auf ihre Hände zu schauen. Ihre schmalen Finger, die sich ineinander krallen, als müsse einer den anderen festhalten. Ich hole ein neues Tischtuch, aber das Zittern hört nicht auf.

Nein, es geht mir gut, sagt Erika und ihre Hände verkriechen sich unter die Tischplatte. Es ist nichts, sagt sie. Und erzählt von zu Hause, von ihrer Mutter, wie sie gestorben ist vor zwei Jahren, plötzlich, von einem Tag auf den anderen. Vor zwei Jahren und zwanzig Tagen. Wie vom Blitz getroffen, sagt Erika und ich frage nicht nach, ob sie damit sich selbst meint.

Seit damals sind sie allein in dem großen Haus, sie und ihr Vater, der so anders geworden sei, wie solle sie das sagen. Als ob er ein anderes Leben begonnen hätte, sagt Erika und ihre Finger laufen durchs Haar, übers Gesicht, und verkrampfen sich am Henkel der Tasse.

Ein anderes Leben, sagt sie, eines, in dem sie nicht mehr vorkommt, höchstens am Sonntag manchmal oder wenn er zum Essen auftaucht, abends, immer um Stunden zu spät. Vielleicht hält er es nicht mehr aus daheim, er stürze sich durch die Mahlzeiten, die sie warm halte, und dann sei er schon wieder weg. Und wenn sie frage, wo er noch hinwolle so spät, wenn sie ungeduldig werde, dann rede er mit ihr wie mit einem Kind.

Ich bin doch kein Kind mehr, sagt Erika.

Nein, das ist sie nicht mehr, ich habe Alex' Blicke gesehen, die er ihr zugeworfen hat, heimlich, und als ich ihn zur Rede stellte, alles abgestritten. Ich habe die Röte auf seinen Wangen gesehen, wenn ihre Blicke sich trafen, und dann weggesehen, schnellschnell, verlegen.

Ich bin doch kein Kind mehr, wiederholt Erika und sieht mich fragend an, die Augenbrauen hochgezogen, so, als erwarte sie eine Antwort, eine Bestätigung.

Erika saß da, wo Alex immer sitzt. Mit dem Rücken zum Fenster, und wenn ich sie ansah, musste ich die Augen zusammenkneifen. Die schräg stehende Sonne fiel in ihren Wortschwall, auf ihr Haar, und zeichnete einen leuchtenden Kranz um ihren Kopf.

So viele Wörter in der Küche auf einmal, die Erika ausschüttete, ein Wortmeer, in dem wir schwammen, Erika mit dem Schimmerhaar und ich. Ich fragte und sie erzählte. Und wenn ich nichts sagte, begann sie wieder von vorne. Die Kaffeeflecken auf dem Tischtuch trockneten ein, die Woge der Wörter schwappte in die beginnende Dämmerung hinein und ich ließ mich mitreißen.

Wir saßen, bis Alex zurückkam. Ich hörte das Auto, das unten anhielt, und dann seine Schritte im Flur, in der Küchentür.

Als er Erika bemerkte, blieb er stehen, für einen Augenblick drehte sich sein Fuß schon zur Flucht.

Alex, sagte sie, und dann saß er mit uns am Tisch. Er rührte in seiner Tasse, die Augen auf Erikas Finger, ihre herumschießenden Hände, und auf einmal war alles nur mehr Gestammel. Irgendetwas hatte er von draußen hereingebracht, eine Novemberkälte, ein Zögern und Abwarten, das unseren Wörtern ihre Leichtigkeit nahm und ihren Fluss.

Ich muss jetzt gehen, sagte Erika schließlich und Alex sprang auf, holte ihren Mantel aus dem Flur und hielt ihn ihr hin. Ich weiß nicht, wo er das gelernt hat.

12.

Er wird seinen Weg gehen, habe ich mir gesagt. Auch, wenn er nicht ist wie die anderen, auch wenn seine Wörter und Silben stolpern, er wird seinen Weg gehen. Ich habe mir diesen Satz wiederholt wie ein Lebensmotto, das über allem steht, wie eine Beschwörung. Und manchmal ertappe ich mich heute noch, wie ich mir in Gedanken an Alex diesen Satz zurechtlege, immer noch. Gewohnheiten, sage ich mir dann, dumme Gewohnheiten, und komme doch nicht davon los.

Als ich das erste Mal von den Anschlägen hörte, war es, als ob es mich nichts anginge, warum auch. Schon wieder ein Denkmal in die Luft geflogen, sagte die blonde Verkäuferin in der Bäckerei und legte mein Brot auf die Theke. Sie sagte es so beiläufig, wie man zwischen einem Kunden und dem nächsten miteinander spricht, und ich hörte kaum hin. Ich wühlte nach meiner Geldtasche im Einkaufskorb, fühlte die Angst in mir aufsteigen, dass ich sie zu Hause auf der Anrichte vergessen hatte. Dann spürten meine Finger endlich das Leder, ganz unten, und ich musste mich nicht schämen.

Ach ja, sagte ich, um nicht unhöflich zu sein, und legte das Geld auf die Glasvitrine, erleichtert. Es war jemand hinter mir, der murmelte: Das geschieht ihnen ganz recht.

Die Anschläge auf die Kasernen, die Eisenbahn und die Strommasten, von jetzt an tauchten diese Wörter auf, in den mitgehörten Gesprächen im Autobus, im Radio, das ich manchmal laufen hatte, oder auf den Zeitungen, die an den Kiosken aushingen. Ich verstand, dass es welche gab unter uns, die den Staat hassten und die Italiener, die hier nichts zu suchen hätten in dieser Gegend, aber gleichzeitig war das alles weit weg, in einer Welt, in der ich nicht wohnte, die ich nie betrat.

Aber eine Erinnerung kam plötzlich, eine Erinnerung an früher, einen Sommertag zu Hause vor sechs oder sieben Jahren, als meine Eltern am Fenster standen und hinüberzeigten auf die andere Talseite, voller Erregung. In der Nacht hatten wir es donnern gehört, wie ein fernes Gewitter, und wir waren zusammengeschreckt im Bett, Alex und ich. Es war etwas geschehen, etwas, was wir nicht begriffen, wir hörten die unbekannten Wörter in den halblauten Bemerkungen, die sich Vater und Mutter zuwarfen, und spürten, dass etwas Fremdes in ihren Alltag eingedrungen war, etwas, was sie staunen machte und ihnen Furcht einflößte.

Und ein Wort war mir geblieben aus ihrem Flüstern, es hieß Freiheitskampf, setzte sich in meinem Kopf fest, und jedes Mal, wenn ich es vernahm, ließ es mich an Alex denken. An meinen Bruder, an seine gefesselte Zunge. Wer weiß, vielleicht sprechen sie über ihn, dachte ich. Darüber, wie man sich freikämpfen könne von den Fesseln, die die Wörter abschnüren.

Und Alex stand neben mir als Kind mit großen Augen, er sah die Eltern tuscheln und den Kopf schütteln, vielleicht hatte auch er Angst, dass es wieder einmal um ihn ging, um seine unausrottbare Krankheit.

Ich war mir sicher gewesen, dass er nichts von all diesen Dingen wusste, er lief zur Arbeit und zu seinen Freunden, nahm nie eine Zeitung in die Hand, sagte nie ein Wort. Nie hätte ich Alex damit in Verbindung gebracht, er hatte seinen eigenen Krieg auszufechten, nicht den anderer.

Wenn er nach Hause kam abends und sein müdes Gesicht auf die Arme legte, wusste ich, dass er gekämpft hatte den ganzen Tag, seinen Wörterkampf in den Wohnungen fremder Leute, auf den Baustellen, wo er Leitungen legte und Zählerkästen montierte. Ich ließ ihn in Ruhe, stellte das Essen vor ihn hin und sah zu, wie er aß. Wie er den Löffel nahm für alles, was auf den Tisch kam, wie zu Hause. Ich ließ ihn in Ruhe. Ich schnitt ihm das Fleisch klein, damit er sich daheim fühlte.

Und dann war dieser Dezembertag. Der Wind, der die Flocken aufhäufte auf dem Fenstersims, das Mittagsdunkel, das das Licht nicht ausgehen ließ in der Küche, und das Heulen draußen. Ich saß über dem Lehrbuch, bis mir der Kopf anschwoll, ging gerade zum Einkaufen und dann schnell zurück über den rutschigen Aufgang, der Schnee, der mir nachwehte bis in den Korridor, bis an die Stiege. Und im Haus ein Klappern den ganzen Tag über, auf allen Stockwerken schlugen die Fenster, schlecht gefugt, in ihren Rahmen und greinten.

Und Alex kam und packte. Er holte den Rucksack aus dem Abstellraum im Keller und verschwand in seinem Zimmer. Zog zwei Arbeitsanzüge aus dem Schrank, Hemden, die festen Schuhe. Und als ich neben ihm stand und seinen Blick suchte, war es wieder da.

Das Atemreißen, Ansetzen, Vornüberkippen. Der Laut, der keine Luft kriegt, keinen Raum, keinen Klang. Und die Hände, die das gebügelte Hemd zerknüllen und Halt suchen, irgendwo: Muss gehen. Der Luftstau, der Körper, der sich windet, der die Muskeln spannt, bis die Arme krampfen, und dann das Drücken aus dem Bauch, dem Zwerchfell, bis endlich die Membran platzt, springt: Muss gehen.

Wohin, schreie ich ihn an, wohin.

Und er, der sich abwendet, zum Fenster hin. Und schnauft und beschwichtigt mit ausgebreiteten Händen, mich und sich selbst, sich selbst und mich, und ruhig wird, langsam, und sagt: Arbeit. Arbeit auswärts.

Schnell sind die Hemden und Socken verstaut, der Rucksack zugeschnürt, auf die Schulter geworfen. Die ungelenke Umarmung im Gang, sein Gesicht, das an meine Schläfe stößt, die Hände an meinen Oberarmen, die unsere Körper auf Distanz halten, es muss schnell gehen. Unten warten sie schon, die anderen im Firmenauto, im umgebauten Kleinbus, vom Fenster aus sehe ich, dass der Motor läuft, die Abgasfahne im Flockengetümmel. Und Alex, der über die Straße hetzt, den Rucksack auf einen der Sitze wirft, und ab im Schlingern des Hecks.

Dann lässt der Wind nach, allmählich, der Schneefall, der das Licht der Straßenlaternen vergräbt, ich bringe Alex' Bett wieder in Ordnung, verwische den Eindruck seiner Hände auf der Decke, ohne Gedanken.

13.

Herbert kam nicht an diesem Vormittag. Paul stand im Bahnhofspark, ganz vorne zur Straße hin, nicht hinten beim Denkmal, wo sie den Toten gefunden hatten, und hatte schon steife Beine. Der Zeiger der Bahnhofsuhr, die er über die Büsche hinweg sehen konnte, war gerade mit einem Ruck auf halb neun gesprungen, die leeren Schulbusse waren an ihm vorbeigefahren, zurück auf ihren Parkplatz neben dem Bahnhof, und Herbert war immer noch nicht da.

Er überlegte, ob er nicht doch zurück in die Schule sollte. Er hätte sagen können, dass seine Mutter vergessen hatte, ihn rechtzeitig zu wecken. Der Italienischlehrer würde zwar mahnend den Zeigefinger in die Luft strecken, aber sonst würde nichts passieren.

Dann sah er Stella. Sie stand drüben auf den Stufen des Bahnhofsgebäudes, die Schultasche auf dem Rücken, und schaute vor sich hin. Sie trug den roten Mantel, den sie immer trug, und es sah aus, als warte sie auf den Schulbus. Wer weiß, wie lange sie schon da gestanden hatte.

Sie nahm ihn erst wahr, als er auf derselben Stufe stand wie sie und ciao sagte. Ihr Gesicht ging mit einem Ruck nach oben.

Herbert ist nicht gekommen, sagte Paul.

Stella zuckte mit den Achseln und verzog den Mund, als wäre es ihr egal.

Was machen wir jetzt, sagte er.

Stella hatte auch keine Ahnung, sie überlegten gemeinsam und beschlossen dann, noch einige

Minuten zu warten. Sie stellten sich auf die oberste Stufe, von wo aus sie Herbert gleich sehen würden, wenn er an der Haltestelle ausstieg.

Der Platz vor dem Bahnhof war wie leer gefegt. Nur vereinzelt bogen Autos ein, hielten vor den Stufen und spuckten jemanden aus, der im beginnenden Nieselregen gebückt in den Bahnhof lief. Auf den Fenstersimsen der Häuser gegenüber gurrten die Tauben und trippelten auf den schmalen Mauervorsprüngen hin und her. Eine Frau mit schwarzem Schirm und Einkaufstasche überquerte den Platz. Sie schimpfte lauthals mit irgendjemandem, der nirgends zu entdecken war. Zwei Polizisten stiegen drüben auf der anderen Seite aus einem Jeep, drehten eine Runde um das Denkmal und verschwanden wieder. Niemand nahm Notiz von dem Mädchen und dem Jungen.

Ich glaube, der kommt nicht mehr, sagte Paul.

Wieder gingen Stellas Achseln nach oben. Die Träger der Schultasche schnitten noch tiefer in den filzigen Stoff.

Als der nächste Bus aus *Harlem* vor ihnen hielt und keine Spur von Herbert zu entdecken war, sagte Paul, dass es vielleicht besser sei, wenn sie wieder zurück in die Schule gingen.

Wenn du meinst, erwiderte Stella. Sie sah ihn an, als würde sie darauf warten, dass er den ersten Schritt machte.

Der Regen hatte zugenommen, deshalb machten sie den Umweg durch die Allee; unter den breit ausladenden Ahornbäumen, die aus dem Teer der Gehsteige wuchsen, war die Straße noch trocken.

In der Rosministraße aber war der Himmel über ihnen wieder offen, sie drückten sich an den Häuserwänden entlang und wechselten die Straßenseite, wenn sie irgendwo einen Torbogen entdeckten, wo man für zwei Sekunden trocken blieb.

Stella lief jetzt vor Paul. Sie versuchte mit kleinen Sprüngen den Pfützen auszuweichen, die sich auf dem Gehsteig bildeten. Ihre Schultasche hüpfte vor seinen Augen auf und ab und wurde schwarz vor Feuchtigkeit. Wenn er ganz nah hinter ihr ging, konnte er ihre nassen Haare riechen. Manchmal drehte sie sich um und vergewisserte sich, dass er noch da war. Er hätte stundenlang so weiterlaufen können.

An der Kreuzung vor dem Gericht mussten sie an der Ampel stehen bleiben. Die nassen Strähnen klebten auf Stellas Wangen und ließen ihr Gesicht schmäler erscheinen. Paul fragte, ob er ihre Schultasche tragen solle.

Wenn du meinst, sagte sie und lachte.

Sie drehte sich um, mit einem Rucken der Schultern drückte sie die Tragriemen nach außen und die Tasche plumpste in seine Hände.

Als sie den Hof ihrer Schule betraten, blieb Stella stehen und wartete, dass er ihr die Tasche wiedergab.

Ganz schön schwer, sagte Paul.

Stella nahm die Tasche wieder auf den Rücken und stellte sich in den Eingang. Sie warteten noch ein bisschen und sahen dem Regen zu, der den Schulhof langsam unter Wasser setzte. Die herbstlichen Blätter schwammen obenauf und verstopften die Gullys. Drüben auf Pauls Pausenhof sprang der Schulwart unter seinem Schirm von einem Abfluss zum anderen und versuchte mit seinen Schuhen das Laubwerk von den Rosten zu schieben.

Dann trennten sie sich. Paul schlenderte langsam hinüber auf seinen Pausenhof, wo der Schulwart die Vergeblichkeit seines Unterfangens eingesehen hatte und in seinen Verschlag zurückeilte. Paul nahm sich vor, seinen Freund Herbert raten zu lassen, was Kaki und er an diesem Vormittag alles angestellt hatten.

Im Bad war Vaters Rasierzeug zurückgeblieben. Auf der Glaskonsole unter dem Spiegel stand die grüne Seife, daneben der Pinsel und eine angebrochene Packung Klingen und in einem Becher kopfüber der Rasierer mit dem geriffelten Griff.

Am Sonntagmorgen hatte er immer Rasierwasser auf seine Hände geschüttet und dieses dann auf seine Wangen geklatscht, bevor er sich an den Frühstückstisch setzte. Wenn Paul in der Küche saß und das Klatschen im Bad hörte, stieg ihm schon der Duft in die Nase, der Sonntagsduft seines Vaters, noch bevor dieser das Badezimmer verließ.

Die Flasche mit dem Duftwasser aber stand nicht mehr da, wo sie immer gewesen war. Paul fand sie auch nicht im Kästchen, das neben dem Spiegel hing. Vielleicht hat sie Mama verräumt, dachte er, oder dem Vater ins Gefängnis gebracht, damit er manchmal daran riechen könne und so ihre Sonntage nicht vergesse.

Der Pinsel kitzelte auf seiner Haut und einige Flocken von dem fetten Seifenschaum blieben an seinen Wangen kleben. Er wickelte die Klinge aus dem dünnen Papier, legte sie zwischen Ober- und Unterkamm des Rasierers und fingerte nach der Schraube, die ins Gewinde kam.

Das Knarren der Wohnzimmertür riss ihn aus seiner Tätigkeit. Rasch wischte er den Schaum von seinem Gesicht, klopfte die Rasierklinge aus der Halterung und versuchte alles so hinzustellen, wie es gewesen war. In der Eile stieß er an den Spiegel, der Rasierer glitt ihm aus der Hand und schepperte zu Boden.

Was machst du da drinnen, rief seine Mutter.

Nichts, erwiderte Paul, gar nichts.

Zum Glück war ihm eingefallen, die Tür zum Bad abzusperren. Die Rasierklinge klebte ihm zwischen Daumen und Zeigefinger, er suchte nach der Papierhülle, die nirgends mehr war, auf dem Boden nicht, nicht im Becken, nirgends, und schließlich warf er die Klinge ins Klo und zog die Spülung.

Kind, du bist ja ganz rot im Gesicht, sagte Mama, als er in die Küche trat.

Sie strich ihm prüfend über die Wange und wollte wissen, was er da drinnen gemacht habe.

Nichts, sagte Paul und versuchte seinen blutenden Finger in der geballten Faust zu verstecken.

Am liebsten hätte er sie angeschrien, dass sie endlich aufhören solle, ihn Kind zu nennen.

14.

Maria saß am Tischchen hinter der Musikbox. Sie hielt die Augen geschlossen und wiegte ihren Kopf hin und her. An ihrer Seite lehnte ein Mann mit kurz geschnittenem Haar, die eine Hand auf den Wähltasten des Automaten, die andere hinter Marias Rücken. Als er sich zu ihr hinüberbeugte, ganz nah an ihr Gesicht, und ihr etwas ins Ohr flüsterte, sah sie ihm in die Augen und lachte.

Das ist doch deine Schwester, sagte Herbert und zeigte durch das Fenster in ihre Richtung.

Kann sein, sagte Paul.

Mit Salvatore, dem blöden Stinker, sagte Herbert neben seiner Schulter.

Paul drückte sein Gesicht gegen das Fenster, um besser durch die Löcher des groben Vorhangstoffes hindurchzusehen. Der Uniform nach war Salvatore einer der Soldaten, die ihren Militärdienst in der Polizeikaserne ableisteten. Er war klein und dick und unter seinen Achseln zeichneten sich dunkle Schweißflecken ab. Wenn Maria ihren Kopf nach hinten legte, berührte sie mit ihrem Scheitel genau diese feucht glänzende Stelle an seinem Hemd, und Paul stellte sich vor, dass ihr Haar am nächsten Tag noch nach Schweiß riechen würde.

Er hatte keine Ahnung gehabt, dass seine Schwester ihre Abende mit einem schwitzenden italienischen Soldaten verbrachte. Wenn sie aus dem Haus ging, schrie sie in die Küche hinein, sie müsse noch schnell zu einer Freundin wegen der Aufgaben, sie sei gleich wieder da. Wahrscheinlich aber wartete Salvatore schon vor dem Haus und ging dort auf seinen kurzen Beinen auf und ab.

Jetzt können sie einen flotten Vierer machen in der Kaserne, sagte Herbert, meine Schwester, deine, Enrico und der da.

Maria drehte das leere Glas in ihrer Hand, ließ sich nachschenken und einladen. Sie stand auf, tänzelnd vor der Musikbox, und der Soldat legte das Geld auf den Tisch. Aber sie schien noch nicht gehen zu wollen, vielleicht wollte sie das Lied zu Ende hören, Paul sah ihre abwehrende Geste und Salvatores Kopfschütteln. Er hielt Marias Mantel in der Hand und starrte auf ihre Beine, die sich im Rhythmus der Musik über den Boden bewegten.

Die Jungen warteten, bis die beiden herauskamen. Paul stellte sich vor Herbert hin, damit Maria ihn nicht übersehen konnte. In den Augen seiner Schwester war ein kurzes Flimmern, als sie ihn bemerkte, dann warf sie ihren Kopf in den Nacken und drehte sich weg. Sie legte ihren Arm um die Hüfte des Soldaten, schob die Finger unter seine Uniformjacke und hakte sie in seinem Gürtel ein. Sie ging an Paul vorüber, ohne ihn noch einmal anzusehen, die Straße hinauf, und von hinten sah es aus, als liefe sie mit ihrem Soldaten geradewegs unter der blassen Kugel des Vollmonds hindurch, der tief über den Häusern hing.

Paul lag schon im Bett, als seine Schwester nach Hause kam. Sie riss die Tür seines Zimmers auf und fixierte ihn: Du hast nichts gesehen. Wehe, wenn du ein Wort sagst.

Dann drehte sie sich um und bevor sie die Tür zuzog, warf sie ihm noch einen Blick zu, der zeigen sollte, wozu sie fähig wäre, wenn er ihr Geheimnis verraten würde.

Blöde Kuh, sagte Paul und streckte die Zunge heraus.

Aber da war Maria schon weg. Er hörte, wie sie im Zimmer nebenan rumorte, eine ihrer Platten auflegte, der Rhythmus der Bässe drang dumpf durch die Wand, die ihre Zimmer trennte. Seit sie den Plattenspieler hatte, lag sie stundenlang mit geschlossenen Augen auf ihrem Bett, ganze Nachmittage lang, neben sich die Plattenhüllen und das aufgeklappte Gerät, und spielte italienische Schlager. Seit sie den Plattenspieler hatte, bestand sie auch darauf, dass er sie *Märri* nannte.

Paul drehte sich zur Seite und als er die Decke über seinen Kopf zog, um einschlafen zu können, fiel ihm Sandro Mazzola ein. Er war ein Dribbelkünstler und der beste Mittelfeldspieler der Welt. Wenn er in das San-Siro-Stadion von Mailand einlief, sprangen die Zuschauer von ihren Sitzen und riefen ihm zu, dass er der Größte sei.

Manchmal durfte ein Waisenjunge aus der Stadt den Anstoß vornehmen, Herbert hatte dies im Fernsehen gesehen. An der Hand des großen Mazzola lief er zum Mittelkreis, beim Pfiff des Schiedsrichters durfte er den Ball antippen, jemandem zuspielen, und dann begleitete ihn einer an den Rand des Spielfeldes, wo er bleiben durfte und zuschauen. Wenn er in Mailand leben würde, dachte Paul, könnte es vielleicht auch ihn treffen. Nur dass er kein richtiges Waisenkind war.

Der Vollmond zeichnete ein helles Viereck an die Wand seines Zimmers. Es sah fast aus wie ein Fußballfeld im Flutlicht. Paul drehte sich im Bett hin und her und dachte daran, wie er den Ball beim Anstoß zuspielen würde. Flach, mit der Innenseite oder vielleicht auch mit dem Spann. Nur nicht mit der Spitze, das sieht dumm aus.

Als er aufwachte und aufs Klo ging, hatte sich das Mondfeld von der Wand nach unten geschoben und dehnte sich auf dem Teppich aus bis unter sein Bett. Auf nackten Füßen überquerte er den leuchtenden Rasen des San-Siro-Stadions. Im Gang war alles dunkel, nur weiter vorn unter Mamas Schlafzimmertür schien ein heller Streifen durch. Sie war also noch wach. Er versuchte leise zu sein und ging auf Zehenspitzen an der Tür vorbei. Da hörte er ihre Stimmen.

Ein Flüstern kam aus dem Zimmer, leise, gedämpft. Er blieb stehen und horchte.

Es waren zwei Stimmen, die miteinander redeten, manchmal beide zugleich, er ist wieder da, schoss es ihm in den Kopf und er trat noch näher an die Tür. Er konnte zwar nicht verstehen, worüber sie sprachen, aber Vater war wieder da, zurück aus dem Gefängnis, und jetzt redeten sie über alles.

Als er vom Klo zurückkam, waren die Stimmen verstummt. Er hörte nur das laute Schnaufen seines Vaters und manchmal ein leises Wimmern, als ob Mama weinte.

Am nächsten Morgen roch er Vaters Rasierwasser schon, als er die Augen aufschlug. In der Küche aber saß Onkel Anton und lachte verdutzt, als Paul fragte, wo Vater sei.

15.

Aufwachen mit dem tauben Gefühl des Alleinseins. Alex war weggefahren mit den anderen am Abend zuvor, weggerannt auf Montage, und ich versuche mich einzurichten in der Morgenstille. In den fehlenden Geräuschen aus Alex' Zimmer, der Abwesenheit seines Summens im Bad, seiner ausgeschlafenen Bewegungen. Ich drehe das Gas an in der Küche, stelle Kaffee auf, ertappe mich dabei, wie ich seine Tasse, die mit seinem Namen, auf den Tisch stelle, zu viel Brot schneide.

Jetzt wäre ich gerne am Berg gewesen, oben, im Haus der Eltern, in der Schneehöhle. Wenn uns der Wintersturm zuschneite, kam man tagelang nicht aus dem Haus. Nicht ins Dorf zu den Menschen, nicht zur Kirche, nicht zur Schule. Alex und ich drückten uns an den Fenstern zusammen und wünschten uns, es würde nie mehr aufhören zu schneien. Die Stiele der Schaufeln, mit denen die Eltern den Weg freimachten bis zur Seilbahn, sollten splittern, brechen, der Lawinenhang seine Last ausspeien, wir legten unsere Finger über Kreuz und erfanden Zaubersprüche, die unsere Wünsche in Erfüllung gehen ließen.

Nichts hilft. Auch die Musik nicht im Radio, das ich aufdrehe bis zum Anschlag, wieder abdrehe. Draußen macht sich das Tauwetter über den Schnee her, es ist ein Tropfen den ganzen Morgen über, die Fenster beschlagen, zugeschliert. Ich mache mein Bett, schreibe zusammen, was einzukaufen ist.

Dann das Schnappen des Schlosses draußen im Gang, kaum Zeit, mich einzurichten im Gedanken, und Alex steht in der Tür. Tropft auf das Linoleum, lacht. Er ist gelaufen, sein Atem schnell und pfeifend, aber er lacht. Ich sehe den roten Striemen in seinem Gesicht, das eingetrocknete Blut.

Nichts, nichts, winkt er ab, nur ein Ast, der herunterhing, eine dumme Unachtsamkeit, er lacht, setzt sich, streckt die Beine. Dunkel vor Nässe das Leder seiner Schuhe, die Arbeitshose bis unter die Knie. Und aus den Haaren tropft es weiter, er wischt mit beiden Händen übers Gesicht, nimmt das Küchenhandtuch.

Was ist denn passiert, sage ich, warum bist du schon hier, ich dachte, du bist das ganze Wochenende über, und dein Gesicht, Alex, sag.

Er aber bleibt unter dem Handtuch, reibt sich das Haar trocken, das Gesicht, will nichts hören. Zieht die Schuhe aus, gebückt unter dem Tuch, trägt sie fort. Nichts ist passiert, es soll sein wie immer, er zieht sich um, und mit frischen Kleidern sitzt er dann am Frühstückstisch, wartet auf seinen Kaffee. Zeigt auf den Schnee draußen, der abrinnt, seine Gesten fragen, ob ich schon einkaufen war, ich bräuchte gute Schuhe bei diesem Wetter.

Er kommt beinahe ins Reden, plötzlich, zeigt auf meine Bücher, will wissen, wie ich vorankomme damit, kaut und gestikuliert sich weg von meinen Fragen.

Alex, wiederhole ich, was ist los.

Nichts, nichts. Er drückt die Worte aus seiner Brust, bleibt mit seiner Hand auf Kniehöhe. So viel Schnee, so hoch. Ich verstehe, dass einfach kein Durchkommen war auf den Straßen, und die Wege zu den Neubauten, wo sie arbeiten sollten, nicht geräumt, und Alex nickt.

Und die Wunde, sage ich.

Vergiss es, Schwesterherz, vergiss es, antwortet sein Abwinken. Und dass es nicht der Rede wert wäre, das bisschen Blut.

Er hat sich die eingetrockneten Krusten weggewaschen, hat versucht, die Spuren zu tilgen, aber das rote Mal auf seiner Stirn bleibt. Der Strich unterm Haar, der sich durch die Braue zieht und sich fortsetzt an der Nasenwurzel. Wie von einem Messer geschnitten oder vom Hieb einer Peitsche.

Er hat nicht geschlafen letzte Nacht, ich sehe es an den kleinen Augen und am Gähnen, das er zu verstecken versucht hinter vorgehaltener Hand. Wenn ich mich wegdrehe, schließt er die Augen und streckt seine Glieder, ich höre das Knacken der Gelenke.

Irgendwann gebe ich es auf weiter zu fragen. Ich sehe den Tropfen zu, die über das Fenster laufen, und spüre, dass ich ihn nur weiter ins Augenverdrehen treibe, ins Gestikulieren, das immer wilder wird, und irgendwann werden auch die letzten Silben stecken bleiben im Hals, wenn ich nicht nachgebe.

Er soll sich schlafen legen und ich werde froh sein, dass er hier ist.

16.

Und dann, von einem Tag auf den anderen, blieben die Freundesbesuche aus, der Spengler, Kammerer, niemand mehr, der ungeduldig im Hausflur scharrte und wartete. Es wurde Frühjahr, es wurde Sommer, Alex kam von seiner Arbeit nach Hause und blieb.

Manchmal fragte ich ihn nach seinen Freunden, aber er zuckte nur mit den Achseln. Hob die Augenbrauen, wollte keine Erklärung dafür haben, es war nun einmal so, was soll's. Es gibt immer wieder neue, versuchte ich ihn zu trösten, du wirst sehen.

Nach dem Abendessen vergrub sich Alex in seinem Zimmer, beugte sich über Skizzenblätter und Baupläne, die er von der Arbeit nach Hause brachte, und wenn ich an die Tür klopfte, ihm gute Nacht zu sagen, hörte ich das Rascheln der Papiere, die er zusammenraffte. Ich legte ihm ein frisches Hemd auf den Stuhl, er schob die Unterlagen in die Schublade, er werde auch gleich schlafen gehen, sagten seine müden Augen, gleich. Aber manchmal, wenn ich später auf die Toilette ging, sah ich, dass er noch Licht brennen hatte, arbeitete.

Für mich waren das Stunden des Friedens und der Eintracht, das gemeinsame ruhige Arbeiten, wenn sich draußen die Sommernacht in die Straßen legte. Ich erledigte das, was untertags liegen geblieben war, und wenn ich am Bügelbrett stand, an der Waschwanne, spürte ich, wie der Tag langsam von mir abfiel, und manchmal huschte Alex aus seinem Zimmer, um ins Bad zu gehen, und wir nickten uns zu.

Die Schönheit der Müdigkeit. Noch eine Tasse Tee zu trinken gemeinsam, bevor jeder in sein Zimmer geht, in seinen Schlaf. Die Langsamkeit der Wörter, die sich zu keinen Sätzen mehr finden wollen, das Schweigen, das ausfüllt, keine Leere lässt. Die sparsamen Bewegungen der Hände, abgezirkelt, dahin, dorthin. Und die Geräusche draußen. Ein einsames Auto, weit weg. Jemand, der nach einem späten Kind ruft. Ferne Laute, als ob die Welt wegrücke von einem.

An solchen Abenden wünschte ich mir, dass nach dem Morgen gleich die Nacht komme.

Der Friedhof liegt außerhalb der Stadt. Man fährt mit dem Bus durch die Industriebauten, durch den Staub der Stahl- und Magnesiumwerke, unter dem Gewirr der Hochspannungsleitungen hindurch, und die nächste Haltestelle gehört den Toten. Manchmal gehe ich durch das Tor wie durch den Eingang eines Sanatoriums, Schnittblumen in der Hand, und warte auf den Pförtner, den ich nach der Zimmernummer fragen kann.

Am Anfang hat er mir den Weg zum Grab zeigen müssen, mit den Zahlen und Buchstaben, die er mir ansagte, konnte ich nichts anfangen. Er ging voraus und statt zu schauen, welche Richtung wir einschlugen, blickte ich auf seine Schuhe, auf seine knarrende Beinprothese, und wunderte mich über die Leichtigkeit, mit der er voranschritt. Stalingrad, sagte er, während er sich umdrehte, durch den Stoff auf das Holz klopfte. Fast hatte ich Mühe, ihm zu folgen.

Manchmal winkte er von weitem, wenn er uns kommen sah, mich und den Hund, und trat aus seinem Pförtnerhäuschen, fragte, ob er uns begleiten dürfe. Vielleicht ahnte er, dass ich den Weg alleine nicht finden würde. Die Verwirrung aber war nicht zu Ende, wenn wir vor dem Grab standen, das ich suchte.

Bis hier herüber hört man das Heulen der Werkssirenen. Schichtwechsel, sagt der Pförtner und lässt mich zurück.

Ich habe alles allein entscheiden müssen. Den Stein, die Umrandung, die Inschrift. Der Steinmetz hatte keine Zeit lange herumzureden. Porphyr, Granit oder Marmor, wurde ich gefragt, aber das sagte mir nichts, und der Pförtner, der aus seinem Häuschen herbeigeeilt war, half mir aus meiner Verlegenheit. Er zeigte auf die Grabstellen hinter uns und sagte: Heller Stein oder dunkler?

Hell, sagte ich.

Vielleicht bin ich trauersüchtig, aber ich bin ich es nicht allein. Langsam merkt man sich die Gesichter, die jeden Tag hierher kommen. Manchmal nickt mir jemand zu, grüßt, mit einem kleinen Lächeln, das in den Augenwinkeln sitzt. Nur die Jungen, die zwei aus meiner Siedlung, sehe ich schon seit Wochen nicht mehr.

17.

Onkel Anton legte die Geldscheine auf den Tisch und bevor Pauls Mutter sie wegziehen konnte, nahm er sie noch einmal an sich und blätterte einen nach dem anderen vor Pauls Augen ab. Einem geschenkten Gaul schaut man nicht ins Maul, sagte er, schielte nach Pauls Mutter und lachte.

Die Mutter schickte Paul sofort zum Einkaufen. Sie zog einen der roten Scheine aus dem Bündel, faltete ihn und steckte ihn in die Geldtasche. Sie diktierte ihm eine lange Liste, schaute zu, wie er alles aufschrieb, und gab ihm das große Einkaufsnetz mit.

Jetzt müssen wir vielleicht gar nicht mehr ausziehen, sagte Maria, die ihn bis zur Kreuzung begleitete.

Wie ausziehen, fragte er.

Umziehen, sagte sie, du Blödian.

Und als er sie immer noch fragend ansah, ließ sie sich herab, ihm zu erklären, dass ihr Vater ja kein Geld mehr nach Hause brachte, um die Miete zu bezahlen, und dass in *Harlem* die Wohnungen billiger seien als in der Innenstadt, wo sie wohnten.

Paul war der Gedanke, nach *Harlem* zu ziehen, nicht unsympathisch. Bestimmt würde er Herbert dann öfter treffen können. Außerdem waren dort die Häuser so eng zusammen gebaut, dass man abends in die Schlafzimmer der Nachbarn sehen konnte, wenn sie vergaßen, die Vorhänge zuzuziehen. Und vielleicht würden sie eine Wohnung ganz oben bekommen, im fünften Stock, wo man die Wolken mit den Händen greifen konnte, wenn sie tief herunterhingen.

Harlem, das ist die letzte Scheiße, sagte seine Schwester. Da wohnen doch nur die Italiener. Die Hungerleider und die Italiener.

Ach so, sagte Paul, und dann mit so einem herumschmusen.

Er konnte ihrem Fußtritt gerade noch ausweichen.

Ist doch wahr, sagte er.

Das verstehst du nicht, zischte Maria ihn an, bist noch zu blöd dazu. Mit Salvatore ist das ganz etwas anderes.

Und dann ließ sie ihn an der Kreuzung stehen und ging stadteinwärts, in die Richtung, wo die Soldaten vor der Kaserne herumlungerten.

Das Geld, das sein Vater am Monatsende nach Hause gebracht hatte, war irgendwie anders gewesen als das, das Onkel Anton auf den Tisch legte. Am Eingang des Ladens fiel es Paul ein, was so anders an Vaters Geld war: Es war unsichtbar. Vater hatte zwar manchmal von Geld geredet, aber wirklich gesehen hatte Paul es nie.

Er konnte sich nicht vorstellen, dass es genauso ein Bündel von Scheinen war, das irgendwo in Vaters Arbeitsanzug steckte oder in seiner Geldtasche. Das Geld, das sie besaßen, waren die Münzen und Banknoten, die Mama im Geschäft auf die Theke zählte, die aus ihrem rosaroten Portemonnaie oder aus dem Wäscheschrank im Schlafzimmer. Es war einfach ihr Geld und er hatte es nie mit seinem Vater in Verbindung gebracht. Er hatte auch keine Vorstellung gehabt, dass es einmal zu Ende gehen könnte, wenn Vater nicht mehr arbeitete, genauso wie er keine Vorstellung gehabt hatte, dass Vater etwas Politisches tun würde und dafür ins Gefängnis musste.

Als er vom Einkaufen zurückkam, saß seine Mutter allein in der Küche. Sie schreckte aus ihren Gedanken hoch, als er das schwere Netz auf den Tisch stellte. Er legte ihre Geldtasche daneben und wollte sich davonmachen. Aber sie schaute ihn aus ihren geröteten Augen an und sagte: Lass mich nicht allein.

Ja, sagte Paul.

Er setzte sich an den Tisch und sah zu, wie sie die eingekauften Waren einräumte. Sie nahm die Sachen aus der Tasche, stapelte sie auf der Anrichte und zählte die Dosen und die Packungen. Dann nahm sie eine nach der anderen, flüsterte mit sich selbst und trug sie in die Speisekammer, die neben der Küche lag.

Paul fragte, ob er ihr helfen solle. Aber sie wollte keine Hilfe, er sollte einfach nur dasitzen und bei ihr bleiben.

Dann musste sie auf einen Stuhl steigen, um das oberste Regal in der Speisekammer zu erreichen. Durch die offene Tür hindurch sah Paul ihre weißen Kniekehlen und ihm fiel ein, dass sie Training hatten.

Ich muss zum Fußball, sagte er, als seine Mutter wieder in die Küche zurückkam.

Sie langte nach den Dosen mit den geschälten Tomaten und antwortete ihm nicht. In seinem Zimmer aber warteten die frisch geputzten Fußballschuhe und auf dem Sportplatz der Trainer mit der Mannschaftsaufstellung für Sonntag.

Mama, wiederholte er.

Sie schenkte ihm einen abwesenden Blick, von oben herab. Erst als alles eingeräumt war, drehte sie sich zum Waschbecken und sagte: Geh, wenn du unbedingt musst.

Paul beeilte sich in sein Zimmer zu kommen, er riss die Sporttasche aus dem Schrank und rannte los. Er rannte die Straße entlang, über die Kreuzung, die zur Haltestelle führte, ohne auf den Verkehr zu achten, er rannte, bis er außer Atem war.

Im Bus sagte Herbert, er solle sich nichts draus machen wegen des Umzugs. Wenn die gelbe Gefahr kommt, sagte er, werden die vor einem Ort, der *Harlem* heißt, bestimmt Angst bekommen.

18.

Es war seine eigene Bombe, die ihn zerrissen hat, sagte Herbert.

Sie hockten hinter den Umkleidekabinen und der Rauch der Zigaretten verwehte in der kühlen Märzluft. Es hatte wieder zu schneien begonnen, deshalb war das Training ausgefallen.

Auf dem Fußballfeld flatterten die Dohlen herum und stöberten im schwarzen Morast, der sich zwischen den Torstangen gebildet hatte. Als die Jungen ihre Zigarettenstummel über den Zaun warfen, hüpften die Vögel heran und zankten sich um die angebrannten Filter. Die Fußspuren, die sie auf der dünnen Schneedecke hinterließen, sahen aus wie das Gekritzel von Erstklässlern, und irgendetwas daran erinnerte Paul an die gelbe Gefahr.

Der wollte das Denkmal in die Luft jagen, sagte Herbert und kratzte mit seinen Händen den Schnee vom Mauervorsprung.

Bestimmt, sagte Paul.

Herbert drückte den weißen Matsch zu einem Schneeball zusammen und warf ihn über den Zaun, wo sich die Vögel balgten.

Weiß ich genau, sagte Herbert, der Enrico hat's mir erzählt. Die wissen alles, denn die sind so etwas wie Spione.

Klar, sagte Paul.

Die Dohlen waren schon wieder bei ihren Kippen. Sie trippelten den Zaun entlang und schauten auf jede Bewegung der Jungen. Vielleicht warteten sie darauf, dass sie ihnen endlich etwas Essbares zuwarfen.

Haut ab, schrie Herbert, rannte auf den Maschendraht zu und stieß mit aller Wucht dagegen.

Der Schnee, der in den Zwischenräumen hängen geblieben war, kullerte zu Boden und die Vögel flatterten davon, hinauf in den grauen Himmel über den Gleisanlagen. Aber als Herbert hinter die Kabinen zurückkam, saßen einige schon wieder da und wetzten ihre gelben Schnäbel.

Der Anwalt seines Vaters sagte, dass er vielleicht Glück hätte und es gar nicht zu einem Prozess komme.

Wenn Ihr Mann nur ein bisschen Bereitschaft zur Zusammenarbeit zeigt, sagte er zu Pauls Mutter, dann haben Sie ihn bald wieder.

Sie standen in der Tür des Büros und der Anwalt strich Paul über das Haar, während er redete. Und als seine Mutter fragte, wann sie denn etwas Genaueres hören würden, sagte der Anwalt, dass sie Geduld haben müssten, Geduld, Geduld. Dann reichte er ihr die Hand und während er sich von ihr verabschiedete, sah er Paul an und sagte, dass sie beten sollten.

Was hat er alles gesagt, wollte Paul wissen, als sie durch das Treppenhaus nach unten gingen.

Du hast es ja gehört, sagte sie.

Der Anwalt war ein groß gewachsener, grauhaariger Mann, der einen mit bohrendem Blick ansah. Manchmal wiederholte er das letzte Wort seiner Sätze und starrte einem dabei in die Augen, dass man sich wünschte, sich in Luft auflösen zu können. Er war Paul unheimlich, er hatte überhaupt keine Lust gehabt mitzukommen und wäre lieber zu Hause geblieben. Aber dann war ihm eingefallen, dass Mama bestimmt sagen würde, er solle sie nicht allein lassen, und sein Nein war ihm in der Kehle stecken geblieben.

Wenn seine Mutter unvermittelt die Arme nach ihm ausstreckte und ihn an sich zog, seinen Kopf mit beiden Händen an ihre Küchenschürze presste, spürte er die Erschütterungen, die das Weinen in ihrem Körper verursachte. Es war ein Beben, dessen Stöße immer heftiger wurden, je stärker Mama ihn an sich drückte, und er konnte deutlich spüren, wie es sich von ihrem Bauch auf seinen Körper übertrug. Auf seinen Körper, auf den Fußboden, auf die ganze Wohnung.

Etwas in ihm sagte, dass er weglaufen müsse aus dem Gefahrenbereich, flüchten, so weit ihn seine Beine trugen, aber wenn er sich dann losgerissen hatte, taumelnd und schnaufend, kam Mamas Nachbeben, das manchmal erst dann wieder abebbte, wenn er zu ihr zurücklief und sie mit beiden Händen festhielt.

Als seine Mutter in das Rechtsanwaltsbüro eingelassen worden war, hatte er sich ans Fenster auf der anderen Seite des Ganges gestellt, weit weg von der Tür zur Kanzlei. Auf der Straße unten wartete Onkel Anton, der sie hergebracht hatte. Er lehnte an der Mauer eines gelb gestrichenen Hauses auf der gegenüberliegenden Straßenseite und spielte mit einer Zigarette. Er schnippte sie mit den Fingern in die Luft und versuchte, das herumwirbelnde Stäbchen mit seinen Lippen aufzufangen. Als es ihm gelungen war, schaute er sich um, ob jemand sein Kunststück gesehen hatte, fragte einen Vorbeigehenden nach Feuer und stieß kleine Rauchwolken über die Straße.

Vielleicht verriet er ihm einmal seinen Trick, dachte Paul, wenn er lang genug bettelte. Stella würde Augen machen, wenn er ihr das Kunststück zeigte.

Als sie in seinem Auto saßen, zündete sich Onkel Anton noch eine an und fragte Mama, was es Neues gebe.

Später, sagte sie mit einem Blick auf Paul, und dieser dachte daran, dass sie zu Hause wieder ins Schlafzimmer gehen würden und reden.

Hat er endlich unterschrieben, fragte Onkel Anton.

Später, wiederholte Mama, und dann fragte sie Onkel Anton, ob er noch zum Abendessen bleiben wolle.

Vor ihrem Haus stand Salvatore, der Soldat. Er schaute auf das Fenster im Erdgeschoss, hinter dem Marias Zimmer lag. Als sie an ihm vorbeigingen, drehte sich Mama zu Paul um und fragte ihn, was der hier suche.

Keine Ahnung, sagte Paul.

Seine Schwester war in der Küche. Sie hatte ihre Haare gewaschen und beugte sich über den Herd, damit sie schneller trockneten. Er gab ihr ein Zeichen, dass draußen jemand auf sie wartete.

Schick ihn weg, flüsterte sie, als Mama im Flur ihre Schuhe auszog.

Mach's doch selber, sagte Paul.

19.

Über Wochen hinweg traf ich die Jungen aus der Siedlung auf meinem Weg. Samstags meist, gegen eins, sie schlenderten die Straße hinab, ihre Schultaschen unter die Arme geklemmt. Wir warteten auf denselben Bus an der Haltestelle, hatten beinahe denselben Weg.

Die Bewegungen des einen ließen mich jedes Mal an Alex denken, für einige Augenblicke, die hochgezogenen Schultern, zwischen denen der Kopf fast verschwand, das Schlenkern der Arme aus dem Achselgelenk. Aber sonst war alles anders, die Augen, der gedrungene Körperbau, das Haar, und bald war es wieder vergessen.

Die beiden stiegen an meiner Haltestelle am Friedhof aus, gingen hinter mir her zur Auffahrt, für den Blick eines Fremden hätte es so aussehen können, als ob sie mich begleiteten. Ich bog zum Friedhof ab, ging über die Kieswege, vorbei an den Gefallenengräbern, wo man über die Mauer nach draußen sieht. Meist standen die beiden noch da am Straßenrand, als wären sie unschlüssig, wohin sie zu gehen hatten.

Einmal betraten die beiden das Friedhofsgelände, ich sah, wie der Pförtner sie aufhielt am Tor, mit ihnen sprach. Der eine senkte den Kopf, während der Mann auf ihn einredete, und dann waren sie verschwunden. Auch ich hätte gerne gewusst, was sie hier suchten.

Sonntags kam Erika und brachte den Geruch von Blumen mit und frischer Wäsche. Ich tauchte ins Meer ihrer Wörter ein und die Nachmittage vergingen wie im Flug.

Wir hätten Alex einfach mitnehmen sollen auf unsere Spaziergänge. Ihm seine Schuhe hinstellen, seine Arme in die Jacke zwängen und hinaus. Aber er blieb über seinen Blättern und Büchern und auch Erika konnte ihn nicht bewegen. Nur einmal, als Erikas Vater mitkam, stand er von seinem Tisch auf, fast widerwillig.

Ein Ausflug, redeten wir auf ihn ein, alle gemeinsam, wo doch Sonntag sei und Sonne und Sommer. Erika war neugierig, wollte endlich sehen, wo wir aufgewachsen waren, Alex und ich, unser Haus, Wälder und Wiesen. Sie zerrte Alex ins Auto und dann, am Fuß des Hanges, legte Herr Kammerer seinen Arm um Alex' Schulter und zog ihn mit, den Waldweg empor.

Unseren Schulweg von früher, wo Alex' Bäume standen am Wegrand. Die Eschen, die Kindheitsbäume, deren Rinde Alex' Messer bearbeitet hatte auf dem Heimweg. Wieder und immer wieder. Als hätten die Wörter, die quer in seiner Kehle steckten, ihren Weg gesucht über seine Hand, die das Messer hielt.

Er war immer vorausgelaufen, und dann hatte ich ihn gefunden: den Bubenkörper an einen Baumstamm gepresst, das Messer an der Rinde, und die Späne flogen. Schulwörter, Schulsätze und immer wieder seinen Namen: Alex, Alex, Alex. Ich riss ihn fort, keuchend vor Unverständnis, irgendwann würde der Waldfrevel auffliegen und Vater drohend seinen Arm heben.

Aber Alex konnte nicht genug bekommen, er lief mir davon, sein Atem flog, und wenn ich ihn fand, war das nächste Wort schon gekerbt und die Rinden bluteten.

Diesmal geht Alex mit Kammerer, ich weiß nicht, ob er ein Messer dabeihat.

Erika schwirrt um mich herum, der Wald ist ihr Glück. Sie sieht das Licht, das durch das Blattwerk dringt, Blumen versteckt unter Sträuchern, die meinen Augen verborgen bleiben, und dann sind sie in ihren Händen, färben die Finger gelb vor Blütenstaub.

Ich halte nach Alex' Bäumen Ausschau, suche nach den Spuren der Verletzungen, will wissen, ob die Wunden verheilt sind. Die Wundränder zugewachsen, überwallt von knorrigen Wülsten, doch an dem einen, den ich entdecke, stehen die Buchstaben fast wie frisch geschnitten. Wie viel Zeit braucht es noch, frage ich mich, wie viele Monate, wie viele Jahre, und dann ruft Erika nach mir, zeigt ihre Finger her, zählt die Namen von Blumen auf, die sie gefunden hat.

Wir bleiben zurück und als wir über die Kuppe gehen, wo die Bäume sich lichten, sehen wir die Soldaten vorne und unsere Männer, in ihre Mitte genommen. O Gott, sagt Erika und wird bleich.

Die Gewehre sind im Anschlag und ich sehe Erikas Vater gestikulieren. Vor ihm liegt sein geöffneter Rucksack und Kammerer deutet auf den Weg, der hinaufführt zum Bauernhof. Seine Hände zeichnen ein Haus in die Luft, er zeigt auf Alex, der neben ihm steht, und dann wieder hinauf in den Berghang. Die Soldaten drehen sich um und schauen nach oben. Aber da ist nur Wald, Baum an Baum und kein Haus, nirgends, sie schütteln den Kopf und schauen sich an.

Sie sind jung, in Alex' Alter, im Näherkommen sehe ich die Angst in ihren Augen und wie sie sich festkrallen an ihren Gewehren. Der Blütenstaub klumpt zwischen den Händen, ich ziehe Erika zwischen den Büschen voran, über Stock und Stein, und dann stehen wir vor ihnen, atemlos.

Ich sehe die Handbewegung als Erste, man lässt uns passieren. Als wären Erika und ich der Beweis, dass wir Spaziergänger sind, Sonntagsausflügler, nicht sonst etwas.

Was sonst, frage ich.

Attentäter, sagt Kammerer und deutet auf den Strommasten, der über uns aufragt. Die Eisenstreben schneiden blaue Rhomben und Dreiecke aus dem Himmel und die Drähte, schwer unter der eigenen Last, berühren fast die Baumwipfel. Sie bringen den Strom in die Poebene, heißt es, für die Fabriken, wo Autos hergestellt werden, Traktoren und Maschinengewehre.

Unsere Wasserkraft, sagt Erikas Vater, schließlich ist es unsere Wasserkraft. Aus den Bächen und Flüssen unseres Landes. Und Alex nickt dazu, nickt, nur Erika, die Widerspruch wagt: deines Landes, Papa.

Die Soldaten marschieren wieder zurück zu den einbetonierten Füßen des Strommasten, den sie bewachen. Felduniformen, die sich auflösen in den Farben des Unterholzes. Und hinten einer, der sich umdreht, klein unter den Bäumen, seinen Arm hebt, als wolle er winken. Ich sehe Erika an und sie mich, wir wissen, dass es uns gilt, einer von uns beiden.

Oben dann das Bild des Vaters, als wir über die letzte Kuppe treten, heraus aus den Bäumen. Er steht in der Tür seines Hauses, unseres Hauses, ich sehe ihn von weitem. Und den Hund, der vor ihm herumspringt, um seine Füße schwänzelt, aber er: bewegungslos. Ein Stein, ein Baum, als hätte er so gestanden die ganze Zeit, seit Alex und ich sein Haus verlassen haben. Vielleicht hätte mein Bruder seine Wörter in diese Rinde schneiden sollen.

20.

Nein, schüttelt Alex den Kopf, er will vorbeigehen am elterlichen Hof, am Vaterhaus, nicht hinein, will einen weiten Bogen machen durch den Wald, und dann presst sich das Wort durch die Gurgel, ein kehliger Laut: Nein.

Er will keinem Vater gegenüberstehen, der ihn jede Silbe wiederholen lässt, die verunglückten Sätze vor fremden Leuten. Der ihn anschaut und den Kopf schüttelt, aus dem wird nichts mehr. Ein sprachloser Taugenichts, der durchgebrannt ist in die Stadt, ins Tal, anstatt ihm hier zur Hand zu gehen, auf den Wiesen und Feldern. Aber diese Zeit ist doch lang vorbei. Zehn Monate oder mehr.

Wie soll Erika das auch verstehen, sie ist die Blumenpflückerin mit gelben Fingern, hat nie mit dem Messer hantiert aus Verzweiflung. Sie fasst Alex unter den Arm, ach komm doch, sagt sie, zehn Minuten. Nur zehn Minuten, nur kurz Grüßgott.

Und Alex kommt ihr nicht aus, dem Weichen hat er nichts entgegenzusetzen. Ich sehe, wie er erstarrt, sein Rücken sich aufbiegt vor Hilflosigkeit. Er wirft seinen Kopf herum, sucht meine Augen, meinen Beistand, aber Kammerer kommt mir zuvor: Sie hätten ja nun gesehen, wo wir aufgewachsen seien. Eine schöne Gegend, sagt er, alles so klar, so rein, und nickt, als sei die Welt hier nicht in Unordnung. Und Alex, der sich losreißt mit einem Gurgeln, vorausläuft, zurück ins Dunkel der Bäume.

Drüben vor dem Elternhaus steht die Figur des Vaters, immer noch. Er wird uns gesehen haben, vielleicht hat er uns auch erkannt. Genauso stand er da, als wir weggingen damals. Als wir unsere Koffer und Kisten zur Seilbahn schleppten und bang über die Schulter zurückblickten aus Angst, ein Blitz könnte uns treffen, eine Lawine auf uns herniederdonnern. Die Mutter rannte uns nach bis zum Gartentor, schleuderte uns Prophezeiungen hinterher und Befürchtungen; Ratschläge, gut gemeint. Dass man uns ausnehmen werde in der Stadt und dass wir nicht die Ersten wären, die reumütig wieder zurückkehrten. Wie der verlorene Sohn, den man kennt aus den Schriften. Ich hörte, wie Alex die Zähne zusammenbiss, knirschend. Und als die Seilbahn an der Talstation mit einem Ruck hielt, konnte ich ausatmen.

Alex ist schon weit voraus, vom Schatten der Bäume verschluckt, jetzt wende auch ich dem Haus meinen Rücken zu.

Schade, sagt Erika. Sie wollte die Gesichter der Eltern sehen und sie mit unseren vergleichen. Als ob es etwas darin zu erkennen gäbe, was von Bedeutung ist. Die schweren Augen, die Enttäuschung in den Zügen, wer weiß, aus welchem Leben wir sie haben.

Weit unter uns bewachen die Soldaten das Stahlgerüst, Alex zeigt mit dem Finger die abgeholzte Halde hinunter. Das Baumfest, müsste er jetzt sagen, weißt du noch. Wie wir da gestanden haben mitten in der Schülerschar, kurz nach den Schlägerungen auf diesem Abhang, jeder ein zittriges Bäumchen in der Hand, eine Aufgabe: es einzupflanzen, auszurichten, gut zu versorgen in der Erde. Und du, könnte ich sagen, dein Gedicht, das nicht über die Lippen wollte, das von den Blaubeeren, den Spinnweben im Haar, weißt du noch.

Aber Alex will keine Erinnerung mehr haben an diesen Kindheitsort, ich sehe an seinem gestreckten Arm vorbei, sehe, dass eine Hand voll unserer Bäumchen aufgekommen ist. Ihre hellen Zweige stechen aus dem braun gesprenkelten Unterholz heraus, wer weiß, ob meines darunter ist.

Früher hat man die Feinde unter Steinlawinen zerschmettert, die man von den Abhängen herunterdonnern ließ, wenn sie unten vorbeizogen. Die Franzosen, sagt Kammerer, die Bayern achtzehnhundertneun, alle erschlagen unter unseren Steinen und Baumstämmen. Das ist Geschichte, unsere Geschichte. Es wäre auch heute ein Leichtes, die Steine über die fast baumlose Trasse hier zu jagen, und er beginnt zu rechnen, wie viel Männer es bräuchte, wie viel Tage, um die Falle aufzubauen. Hier gibt es keine Steine, sagt Erika.

Ich weiß nicht, wie mein Vater uns gefunden hat. Plötzlich steht er hinter uns und fragt, wieso wir nicht ins Haus gekommen seien. Sein Atem geht heftig, als ob er gelaufen wäre.

Erika ist die Erste, die seine Hand findet und Grüßgott sagt. Von seinem Händedruck wird sie auf dem Rückweg noch schwärmen, sie wird ihn nie mehr vergessen. Dann geht Kammerer auf ihn zu, dann ich. Nur Alex will nichts bemerkt haben, er ist nicht nur stumm, sondern auch taub. Der Vater muss hinabsteigen zu ihm, der abgewandt steht, seinen Blick ins Tal, auf die Reihe der Hochspannungsmasten gerichtet, die sich fortziehen über die Bergrücken bis in die Ebene.

Und dann ist die Rede von Eile, vom Abstieg ins Tal, von etwas, das wir nicht versäumen dürften.

21.

Als Paul vors Haus trat, war niemand mehr da. Der Soldat, der auf Maria gewartet hatte, war verschwunden. Er sah ihn erst wieder vor sich, als er die Palermostraße überquerte. Der Soldat ging zur Kaserne zurück, blieb immer wieder stehen und sah über seine Schulter nach hinten. Vielleicht dachte er, dass Maria nachkommen würde.

Als Paul dicht hinter ihm war, roch er das Mottenpulver, das die Uniform verströmte. Der Soldat schüttelte den Kopf, als redete er mit sich selbst, dann drehte er sich zu Paul um. Für einen Augenblick erfasste ihn sein Blick, seine ausdruckslosen schwarzen Augen, dann gingen sie über Paul hinweg ins Leere. Maria musste verrückt sein.

Herbert wartete bereits an der Ecke. Er machte Paul Vorwürfe, weil er zu spät kam.

Jetzt brauchen wir nicht mehr ins Kino gehen, sagte Herbert, und als sie an der Kaserne vorbeigingen, deutete er mit dem Kopf auf den Eingang und fragte, ob sie reingehen sollten, um Enrico zu besuchen.

Keine Lust, sagte Paul.

Sie gingen die Verdiallee entlang. Die Geschäfte hatten bereits geschlossen und durch die Schaufenster sah man die Inhaber das Geld aus der Kassa nehmen und abzählen. Sie stapelten die Münzen, legten die großen Scheine aufeinander und blätterten sie durch die Finger, genauso wie Onkel Anton es getan hatte, aber wenn sie merkten, dass sie beobachtet wurden, drehten sie sich um oder verschwanden nach hinten ins Dunkel der Lagerräume.

Warum wollt ihr unbedingt nach *Harlem* ziehen, fragte Herbert. Er war stehen geblieben und sah Paul an.

Einfach so, sagte dieser.

Herbert tippte mit einem Finger an seine Stirn und schüttelte den Kopf. Einfach so, wiederholte er, und das soll ich glauben? Keiner zieht da freiwillig hinaus. Meinst du etwa, wir?

Keine Ahnung, sagte Paul. Aber es ist noch nicht fix.

Sie waren schon an der Kreuzung, wo es zum Bahnhof ging. Paul fragte, was sie jetzt machen würden, aber Herbert zuckte nur mit den Schultern.

Stella Modigliani kam mit hinter die Umkleidekabinen, wo man sie vom Sportplatz aus, auf dem ihr Vater begonnen hatte die Begrenzungslinien mit Kalk nachzuziehen, nicht sehen konnte. Sie sagte, dass ihr Vater nicht ganz richtig sei im Kopf. Er ist ein richtiges Arschloch, sagte sie.

Herbert kniff die Augen zusammen. Er wollte nicht glauben, dass jemand so über den eigenen Vater reden konnte.

Kaki lehnte sich an die Mauer und warf ihren Kopf in den Nacken. Er hat mir verboten, mich mit euch zu treffen, sagte sie. Weil das ein Mädchen nicht tun darf.

Sie schaute Paul an, als warte sie darauf, dass er dem widerspreche, was ihr Vater gesagt hatte. Ihre Augen waren viel dunkler als die seiner Schwester, ein sattes Herbstbraun, das aufleuchtete, wenn sie ihren Kopf ins Licht drehte. Am Rand der Pupillen glänzte ein hellgelber Kranz, der kleine Pfeile durch ihre Iris warf, fast wie Sonnenstrahlen.

Paul vergewisserte sich mit einem Blick über die Mauer, dass Kakis Vater außer Hörweite war. Dann sagte er, dass das bestimmt nicht normal sei. Seine Eltern hätten noch nie etwas dagegen gehabt, wenn er sich mit Mädchen treffe.

Aber dann fiel ihm ein, dass Kaki wirklich die Einzige war von denen, die er kannte, die sich allein mit Jungen traf. Von den Mädchen aus seiner Schule gab es keines, das er mit Buben, die nicht seine Brüder oder Cousins waren, gesehen hätte. Vielleicht hatte Kakis Vater doch Recht.

Er fragte Herbert, ob er Zigaretten dabeihabe.

Nein, grinste dieser, meine Mutter hat mich wieder einmal gefilzt heute. Die ist noch grausamer als Kakis Vater.

Er schnitt eine Grimasse und fluchte durch die Zähne. Dann kam er auf die Idee, dass sie sich drüben beim Kiosk Zigaretten kaufen könnten, aber keiner von ihnen hatte genug Geld dabei, nicht einmal so viel, dass es für zwei *Nazionali* gereicht hätte.

Rauchst du etwa auch schon, fragte Kaki.

Klar, sagte Paul, du nicht?

Sie schüttelte den Kopf.

Eigentlich paffe ich auch nicht so viel, sagte Paul.

Sie hörten, wie ihr Vater und der Trainer der ersten Mannschaft auf die Umkleidekabinen zukamen. Sie unterhielten sich über das Endspiel der Weltmeisterschaft und stritten darüber, ob das Tor zum 3:2 der Engländer ein reguläres Tor gewesen sei oder ob der Ball auf der Linie gelandet und von da wieder ins Feld zurückgesprungen war.

Ist doch sonnenklar, dass es kein Tor war, sagte Herbert. Und was geht das überhaupt diese Italiener an.

Jetzt seht ihr selbst, sagte Kaki, der spinnt. Aber mir ist das egal.

Dann meinte sie, dass sie jetzt doch langsam nach Hause müsse, und Paul sagte, dass es für ihn auch Zeit werde. Sie beide hatten fast denselben Weg, und wenn sie alle drei durch die Bahnunterführung gingen, konnte Herbert an der Kreuzung auf den Bus nach *Harlem* warten.

Aber Herbert wollte noch nicht weg. Er kauerte sich an den Mauervorsprung und fingerte eine zerdrückte Zigarette aus der Innentasche seiner Windjacke.

Eiserne Reserve, lachte er, die muss ihr durch die Lappen gegangen sein.

Paul hielt ihm seine Streichhölzer hin und war unschlüssig, ob er Kaki nachgehen sollte, die schon oben auf der Straße war.

Warum hast du gelogen, sagte Herbert.

Wie gelogen?

Wegen deiner Eltern, antwortete er, wenn die wüssten, dass du und Kaki.

Er zog an seiner Zigarette und streifte die Asche an der Mauer ab.

Ist doch meine Sache, sagte Paul.

Dann kletterte er die Böschung hinauf, wo Stella sich umgedreht hatte und auf ihn wartete.

Es gab Augenblicke, da war Paul wütend auf seinen Vater, so wütend, dass er ihm Augenblicke später wieder Leid tat. Schließlich hatte Vater seinen Zorn nicht verdient, er konnte ja im Grunde nichts dafür. Und doch hatte alles mit ihm angefangen. Er war weg und hatte es geschehen lassen, dass Mama allein in ihrem Zimmer weinte, dass sie ihre Wohnung nicht mehr bezahlen konnten und hinaus nach *Harlem* mussten.

Am Tag, als sie umzogen, hatte Paul das Gefühl, dass es seinem Vater vielleicht sogar recht war, was mit ihnen passierte. Er saß in seinem Gefängnis, zwanzig Millionen Zentimeter von ihnen entfernt, und kümmerte sich um nichts. Mama rannte allein durch die Stadt, bis sie einen Mietlastwagen fand, dann packten und zerrten sie all die Kisten mit den gestapelten Gegenständen auf den Gehsteig vors Haus.

Zu dritt schleppten sie den hölzernen Küchentisch durch den Flur und Paul fluchte leise auf seinen Vater. Vorne zerrten seine Schwester und er, hinten schob Onkel Anton und jammerte, dass er solche Arbeit nicht gewohnt sei.

Es gibt doch Möbelpacker, sagte er, für die wäre das ein Leichtes.

Mama wischte verzweifelt über die Möbelstücke, die sie hinaustrugen, damit sie für den Transport glänzten.

Halt deinen Mund, zischte Maria, die Pauls Fluchen gehört hatte, du verstehst gar nichts.

Vielleicht verstand er wirklich nichts, aber er dachte daran, wie Vater auf seiner Pritsche in Mailand lag und sie hier mit allem allein ließ. Die Kommode, die in Mamas Schlafzimmer stand, war zu schwer für sie, erst als Onkel Anton auch die Schubladen entfernte, gelang es, sie anzuheben. Und dann polterte das Möbel doch über die Stiegen und schlug mit seinen Kanten den Mörtel aus der Mauer.

Vielleicht kam Vater auch nie mehr zurück. Er hatte seinen Weg gewählt, sich davonzustehlen, sich in Luft aufzulösen, einen Weg, für den man ihm auch noch Erbarmen und Mitleid entgegenbringen sollte. Vielleicht war das seine Art, einfach aus ihrem Leben zu verschwinden. Es musste wohl so sein, dachte Paul, denn sonst hätte er es nicht zulassen können, dass sie die erste Nacht in der neuen Wohnung auf den nackten Matratzen schlafen mussten, weil sie zu müde gewesen waren, noch irgendetwas auszupacken.

22.

Sie überquerten die Staatsstraße und liefen durch das staubige Gras, das neben der Straße wuchs. Die Sonne stand tief und schob die Schatten der Telefonmasten weit über das Brachland hin. Sie redeten über das Rauchen und welche Zigarettensorte die beste wäre, und dann fragte Stella plötzlich, ob es wahr sei, dass sein Vater ein Terrorist wäre.
 Was, sagte Paul.
 Stella schaute auf ihre weißen Schuhe hinab und sagte, dass sie das so gehört habe. Ein Attentäter, einer, der Bomben legt, Stromleitungen in die Luft sprengt und alle Italiener umbringen möchte. Bei ihr zu Hause hätten sie das so erzählt.
 Bomben legen, sagte Paul, du spinnst. Er hat gar nichts getan.
 Vorne tauchte die Unterführung auf, der schwarze Tunnel, den man gebaut hatte, als das Rangiergelände des Bahnhofs erweitert worden war. Er war ohne Licht und seit Paul denken konnte, bewältigte er ihn im Laufschritt. Manchmal wartete er, bis eine Zuggarnitur oder eine Rangierlok sich näherte, dann rannte er los. Er stürzte sich hinein in die Finsternis und das Getöse und während er lief, spürte er ein Kribbeln im Bauch, eine wohlige

Angst, die sich ausbreitete bis auf seine Oberschenkel. Und wenn er auf der anderen Seite ins Helle kam, atemlos, blieb er stehen und wartete, bis die Anspannung wieder abfiel, zentimeterweise. Nur das Kribbeln im Unterbauch blieb manchmal, bis er zu Hause ankam.

Ist das wirklich wahr, fragte Stella.

Komm, sagte Paul.

Ihre Hand war plötzlich in der seinen und dann rannten sie los. Als sie in die Finsternis des Tunnels tauchten, verstärkte sich der Druck von Stellas Fingern und Paul spürte den Schweiß, der ihre Handflächen aneinander klebte. Er fixierte die grelle Öffnung am anderen Ende des Tunnels und wartete darauf, dass das Klopfen und Poltern über ihnen begänne. Doch diesmal fuhr kein Zug über seinen Kopf hinweg, er hörte nur das Klappern von Stellas Absätzen auf dem Beton und sein Herz, das in seinen Schläfen pochte.

Noch bevor sie in die Mitte der Unterführung kamen, schrie Stella, dass sie nicht mehr könne. Sie blieb stehen, zog ihre Hand aus der seinen und fragte, schwer atmend: Hat er das wirklich nicht getan, dein Vater?

Das müsste ich doch wissen, sagte Paul und stützte seine Hände auf die Knie.

Stella machte dieselbe Bewegung und schaute ihn von unten her an.

Ich bin mir ziemlich sicher, sagte er und sah zu, wie sie sich wieder aufrichtete.

Sie trat beiseite, um einem Auto Platz zu machen, das mit aufgeblendeten Scheinwerfern durch die

Unterführung kam. Der Fahrer hupte, als er die beiden sah und zeigte ihnen seine Faust durchs Fenster, aber Stella achtete nicht darauf. Sie stand da und schüttelte den Kopf, als wüsste sie nicht mehr, was sie glauben sollte. Paul sagte, dass das alles ziemlich kompliziert sei, und dann gingen sie ins Freie.

Ihre neue Wohnung lag da, wo die Stadt aufgehört hatte und in Felder übergegangen war, als es *Harlem* noch nicht gab. Jetzt aber war der Blick in die Wiesen von den Wohnblocks verstellt und beinahe jeden Monat kamen neue dazu. Gegenüber den riesigen *Kondominien* in *Harlem* nahm sich ihr Haus klein und armselig aus, es hatte weißlich-graue Mauern, von denen der Putz bröckelte, und ihre Wohnung befand sich im Erdgeschoss.

Wenn Paul aus dem Fenster des Wohnzimmers blickte, sah er die Wohnblocks auf der anderen Straßenseite in den Himmel ragen. Sie verdeckten auch die Berge und am Abend verschwand die Sonne hinter den Kanten der letzten Stockwerke. In einem dieser Ungeheuer wohnte Herbert mit seiner Mutter; Paul hoffte, dass man sein Fenster von hier aus sehen würde und sie sich in der Nacht mit ihren Taschenlampen zublinken konnten.

Sie hatten nur mehr zwei Schlafzimmer in der neuen Wohnung und Mama meinte, dass Maria und er in dem einen zusammen schlafen sollten.

Mit dem da, schrie Maria, niemals.

Sie warf ihre Schulhefte zu Boden, die sie gerade auspackte, und brüllte, dass sie lieber zurück in die alte Wohnung gehe, und wenn sie dort auf dem bloßen Fußboden schlafen müsse.

Paul sagte, dass sie das ruhig tun solle und er nichts dagegen hätte.

Du kannst das tun, du kannst das tun, schrie sie und warf eines ihrer Hefte nach ihm.

Von mir aus kannst du auch in der Kaserne schlafen, bei deinem Salvatore, schlug er vor.

Er sah, wie Maria erstarrte. Aus den Augenwinkeln warf sie einen Blick zu ihrer Mutter, die am Fenster stand und das Funktionieren der Rollos überprüfte. Sie hatte seine Bemerkung gehört, drehte sich um und wollte wissen, was er damit gemeint hätte.

Nichts, sagte Paul, nur ein blöder Witz.

Ein blöder Witz, wiederholte Maria atemlos und blickte ihn eisig an.

Ihre Mutter schien ihnen zu glauben, und dann einigten sie sich darauf, dass Maria in Mutters Doppelbett schlafen sollte, bis Vater zurückkam.

23.

Nichts konnte so bleiben, wie es war. Der Spengler stand eines Tages in der Wohnung und schrie nach Alex. Seine Stimme füllte den Flur aus, den schmalen Gang, wo das Spiegelglas zitterte vor dem Schritt seiner schweren Schuhe. Er riss die Zimmertür auf, als hielte sich Alex dort versteckt, in seiner eigenen Kammer. Rannte ins Wohnzimmer, in der Küchentür blieb er stehen, ließ seinen Blick schweifen und wollte wissen, warum Alex noch nicht da sei.

Als dieser nach Hause kam, etwas später, stand der Spengler immer noch im Türrahmen. Er hörte das Schloss hinter sich aufschnappen und drehte sich um wie nach einer Beute.

Na endlich, herrschte er Alex an, der sich duckte, sich an ihm vorbeidrückte in die Küche. Ich nahm die Weingläser vom Regal, aber der Spengler wollte nichts trinken, gar nichts, er schlug jede Freundlichkeit aus und riss Alex mit sich fort. Ich stellte die Gläser zurück, wischte über den Tisch und horchte auf das Poltern im Stiegenhaus, das langsam verklang.

In Gedanken klopfte ich an Alex' Zimmer. Was will er von dir, schrie ich, was will er nur.

Es ist eine Waffe. Seine Wortlosigkeit, aus der Not geboren, wie ein Schwert, das er zückt, dir an die Kehle hält. Oder ein Knebel, den er dir auf den Mund drückt, gegen deine Sätze, deine Fragen. Das plötzliche Abwenden zum Fenster hin, es soll auch dich verstummen lassen.

Wie oft war es so. Er, der sich umdreht plötzlich, zum Fenster hinaus, dir den Rücken zudreht, und nichts mehr. Draußen kippt der Tag in die Nacht hinein, an den Gardinen vorbei zieht das Dunkel ins Zimmer, in seinen Mund, und ich stehe hinter ihm und kann nicht aufhören zu fragen. Ihm meine Wörter in den Körper zu bohren, angespitzte Buchstaben, die seinen Sprachbeutel aufplatzen lassen sollen, ausrinnen. So stehen wir, bis ihm das Stechen zu viel wird, der Schmerz in seinem Rücken, und er davonläuft, in die Küche, in den Gang, ins Freie.

Irgendwann wird er wiederkommen, wenn ich schlafe, wenn ich mich beruhigt habe, er wird auf das Vergessen hoffen, meines und seines, und sich schlafen legen, als wäre nie etwas zwischen uns gewesen.

Was will er von dir, sage ich, schreie ich mir den ganzen Abend vor. Vielleicht hätte auch ich ein Messer nehmen sollen und es ihm auf die Brust setzen. Ihm, nicht mir. Aber er rannte irgendwo draußen durch die Nacht und mir blieb nichts, als mit den Fenstern zu reden, den Türen, den Kaffeetassen. Als ich schon im Bett lag, hörte ich ihn in die Wohnung schleichen, er ging in sein Zimmer, und dann Stille. Es ist nicht leicht zu sagen: Es ist sein Leben.

Erika hat mir eine neue Kaffeemaschine mitgebracht und während der Wasserdampf hochschießt und das Wasser durch den Filter tropft, sitzt sie mir gegenüber, zieht Fusseln von ihrem Pullover. Sie will mich begleiten nachher, hat Schnittblumen mitgebracht für den Friedhof. Aus ihrem Garten, sagt sie, Narzissen, die zum Stein passen, der auf ihm liegt, auf Alex, und seine Zeit festschreibt für immer.

Einmal habe ich sie beide allein gelassen in der Wohnung, war kurz weg, um einzukaufen, und als ich zurückkam, flogen sie auseinander mit roten Gesichtern. Aber sie ließen keine Fragen zu, Erika nicht und Alex schon gar nicht. Es war kurz vor jenem Tag im Herbst und wenn ich Erika heute danach frage, werden die Hände unruhig, beginnen über die Kleidung zu huschen, dahin, dorthin.

Es hätte vielleicht etwas werden können mit uns zwei, sagt sie, in einem Ton, in dem man über vergessene Wünsche redet oder verwaschene Kleidungsstücke. Wer weiß, sagt sie, aber das ist sinnlos jetzt.

Auf dem Friedhof läuft sie voraus, sie kennt die Abzweigungen, weiß, wo das Wasser zu holen ist für die Vase, und als ich nachkomme, hat sie das Grab schon geordnet. Ihre Blumen abgestellt, die niedergebrannte Kerze im Gehäuse gewechselt, die Erdkrumen von der Umrandung gewischt. Mir bleibt noch, frisches Weihwasser zu holen für die Vertiefung im Stein. Das Unkraut, das sie auszupft, werde ich hinter die Mauer werfen, wo der Berghang ansteigt.

Wenn sie merkt, dass ich sie ansehe von der Seite, bleiben ihre Lippen zitternd stehen. Dann spricht sie weiter mit ihm in der Augensprache, in der Sprache der Liebenden, vielleicht sagt sie ihm, dass es falsch war, sich so davonzumachen.

24.

Ob ich ihn noch einmal sehen wolle, wurde ich gefragt. Ihn ansehen, mein Gesicht auf seines legen, mich verabschieden. Ich spürte meine Finger an der Schuhschachtel, spürte sie abrutschen an diesem glatten, glänzenden Weiß in meinen Händen.

Ich werde Erika fragen, was sie geantwortet hätte auf dieses Angebot. Vielleicht redet sie mich in einen Kokon hinein, eine Watte aus Wörtern, die mich einhüllt, einlullt, alles wegschließt von außen. Dann wird sie die Schachtel nehmen mit den neuen Schuhen, sie wegbringen aus meinen Augen, aus meinem Sinn. In den Müll stopfen, zuunterst in den Abfall, damit sie niemand mehr sieht und sich erinnert.

Dabei hatte sie die Schuhe entdeckt in der Auslage und gemeint, das wär' doch was für dich. Weiße Lackschuhe, mit einer Spange und kleinem Absatz, und anderntags bin ich um das Geschäft geschlichen in der Innenstadt, bin weg um die Ecke, um Brot zu kaufen, und dann wieder zurück. In Gedanken habe ich die Schuhe bereits getragen, am Sonntag oder bei der Abschlussprüfung im Krankenhaus, die auf mich wartete. Und jetzt kommen sie unter Küchenabfällen zu liegen, einmal anprobiert, nie benutzt.

Ich sagte nein und dann ja und dann wieder nein, als sie mich fragten, und schämte mich für meine Ungeschicklichkeit. Die Schuhe waren auf dem Treppenabsatz zu liegen gekommen, waren aus der Schachtel herausgerutscht, und einer der Polizisten hatte sie aufgehoben und neben die Wohnungstür gestellt.

Von klein auf hatte ich mir eingeredet, ihn beschützen zu können. Wie oft habe ich seine Wörter gesagt, die, die ihm in der Kehle stecken geblieben waren, auch die, die er noch nicht gedacht hatte. Wenn unser Vater drohend die Hand erhob, habe ich gefleht und gebettelt, habe Ausflüchte gefunden und Entschuldigungen. Ich habe mich vor Alex hingestellt, seinen Körper mit meinem zugedeckt, damit jeder sieht, dass ich für ihn rede, dass ich seine Stimme bin.

Hier aber ist die Welt zu groß geworden, die, in der Alex lebte, hat mir nicht gehört. Als die Spengler und Kammerer auftauchten, ging Alex seinen Weg, wohin ich ihn nicht mehr begleiten konnte.

Was hättest du auch tun sollen, sagt Erika, er wollte es so. Er wollte es so, wiederhole ich, aber vielleicht bin ich auch nur müde geworden.

Eines Tages sah ich ihn, wie er in den Autobus stieg, der in die Dörfer fährt. Es war am helllichten Vormittag, während seiner Arbeitszeit, ich sah Alex' Rücken, der sich durch die Wartenden drängte an der Bushaltestelle, und dann erst sein weißes Hemd, die Jacke, die helle Hose.

Ich stand im Ausgang des Kaufhauses, hatte rufen wollen, als ich ihn erblickte von hinten, ihn fragen. Fragen, was er hier mache, ihm sagen, dass dies nicht seine Kleider waren, die er trug. Du bist doch von zu Hause in deiner Arbeitsmontur weggegangen, wo sind deine Schuhe, dein Werkzeugkasten, deine Zangen und Klemmen.

Der Autobus fuhr los, drehte seine Runde um den Platz, Alex saß hinter dem Fahrer und lehnte sich zurück wie ein Urlauber, der ins Grüne fährt, in die Berge.

Als er nach Hause kam, später als gewohnt, fragte ich nichts mehr. Er legte seine neuen Kleider auf den Rand der Badewanne, ich trug sie weg, faltete sie zusammen, hängte sie in den Schrank. Das Hemd roch nach Wäldern, nach Rauch.

Er wollte es so, sagt Erika, und ich wiederhole ihre Worte, an die ich nicht glauben kann. Du bist nicht die Hüterin deines Bruders, sagt sie.

Aber dass ich ihn nicht noch einmal sehen wollte, das lässt sie verstummen.

Sie trägt weiße Stöckelschuhe, fast so wie meine. Während wir über den Friedhof gehen, fällt mein Blick darauf. Vielleicht sind es meine, sie hat sie nicht weggeworfen oder heimlich herausgeholt aus dem Abfall am nächsten Tag.

Ich bleibe stehen, sehe zu, wie sie weitergeht, sich entfernt von mir, lasse es geschehen. Alex hielt mir manchmal den Mund zu, wenn ich für ihn sprechen wollte. Oft war es auch nur ein Blick, den er mir zuwarf, ein ungeduldiges Hochziehen der Augenbrauen.

Als ich Kammerer sagen wollte, dass Alex doch schon genug arbeite und dass er doch am Sonntag einmal ausruhen müsse, stieß er mich an von hinten, mit seinem Schuh gegen meinen Unterschenkel. Ich sagte den Satz nicht zu Ende und Kammerer sah mich verwundert an.

Er wollte es so, sagt Erika und dreht die Narzissen in der gläsernen Vase, damit sie mehr Sonne bekommen.

25.

Maria war begeistert vom Telefon, das sie in der neuen Wohnung hatten. Sie ließ ihre Platten und den *mangiadischi* achtlos in der Küche herumliegen, saß den halben Nachmittag im Flur, wo der schwarze Apparat stand, und ließ die Wählscheibe surren. Den Freundinnen, die sie anrief, sagte sie, dass sie jetzt auch Telefon hätten, und sie achtete darauf, dass sie ihre Nummer auch richtig notierten.

Mama ging gleichgültig am Apparat vorbei. Sie war der Meinung, dass sie doch niemanden habe, den sie anrufen könne.

Drei Wochen nach ihrem Umzug klingelte das Telefon, während sie beim Frühstück saßen. Maria ließ das Butterbrot fallen und rannte in den Gang. Sie hörten, wie sie Hallo schrie und dann Vaters Namen nannte, halb fragend, halb bestätigend.

Es war der Anwalt, der mit Mama sprechen wollte, und Paul lief mit in den Flur. Mama nahm behutsam den Hörer in ihre Hand, drückte ihn ans Ohr und sagte: bitte. Dann nickte sie nur noch, sagte mehrmals ja und wischte sich mit der freien

Hand über die Augen. Paul starrte in ihr Gesicht, auf ihren geöffneten Mund, und versuchte zu verstehen, worum es ging.

Ist gut, sagte Mama und dann noch einmal: ja, ja. Sie presste ihre Lippen auf die Sprechmuschel, ihr Atem ging schneller, und noch bevor sie den Hörer auf die Gabel legen konnte, vorsichtig, wie um ja nichts kaputtzumachen, wusste Paul, dass sie Vater freilassen würden.

Maria kam aus der Küche und wollte wissen, was der Anwalt gesagt hatte.

Er darf nach Hause, sagte die Mutter und griff nach dem Taschentuch in ihrer Schürze. Dann tastete sie mit der anderen Hand nach hinten, so als müsste sie sich festhalten. Paul lief um einen Stuhl und Maria holte ein zweites Tränentuch aus der Schublade.

Nach dem Mittagessen lief Paul von ihrem Haus zum *Kondominium*, wo Herbert wohnte. Dieser war nicht in der Schule gewesen und Paul hatte niemanden gehabt, dem er von seinen Neuigkeiten erzählen konnte.

Auf der Treppe, die zum Eingang des Wohnblocks führte, saßen ein paar Jugendliche. Sie waren älter als Paul, hatten ihre Haare über die Ohren gekämmt und schnippten mit den Fingern zur Musik, die aus einem tragbaren Plattenspieler kam, der auf einer der Betonstufen stand.

Einer wollte von ihm wissen, was er hier zu suchen hätte, und als er Herberts Namen nannte, zuckte der Fragesteller die Schultern und sagte, dass der jetzt bestimmt nicht hier sei. Paul drückte sich um ihn herum und suchte auf dem Klingelbrett den Namen von Herberts Mutter.

Das Treppenhaus war dunkel und eng und er dachte, dass es ein gutes Training wäre, wenn man all die Stockwerke im Laufschritt nahm. Herbert stand schon in der Wohnungstür und lachte, als sein Freund schwer atmend oben ankam. An deiner Stelle hätte ich den Lift genommen, sagte er.

Als Paul an ihm vorbeiging, legte Herbert seinen Zeigefinger auf die Lippen. Sie ist im Bett, flüsterte er, wegen dem Nachtdienst.

Sie schlichen auf Zehenspitzen am Zimmer vorbei, in dem Herberts Mutter schlief, hinein in den Wohnraum, der gleichzeitig sein Schlafzimmer war. Herbert zog Paul gleich ans Fenster und zeigte auf den gegenüberliegenden Block.

Sie wird wohl kaum da sein, sagte Herbert und zögerte einen Augenblick, als warte er auf eine Frage.

Na, sag schon, sagte Paul.

Ich überlege noch, antwortete Herbert, und dann zählte er mit dem Finger die Fenster des gegenüberliegenden *Kondominiums* ab, von links nach rechts, und vergewisserte sich, dass sie beide dieselbe Etage meinten.

Das Fenster, auf das Herbert zeigte, war eines dieser Vollglasfenster, dunkel und undurchdringlich, und wenn man scharf hinsah, konnte man dahinter gerade die Schemen eines Vorhanges erahnen.

Du hättest abends kommen müssen, sagte Herbert, dann hättest du was zu sehen bekommen.

Und als Paul nicht antwortete, fügte er hinzu, dass die drüben ihre Rollos absichtlich offen lasse.

Paul meinte, dass ihm so etwas auch schon passiert sei, früher, in der alten Wohnung, wo zwischen ihrem und dem Nachbarhaus nur ein schmaler Durchgang war und man sich gegenseitig in die Teller blicken konnte.

Aber die ist fast nackt, sagte Herbert, verstehst du. Und sie stellt sich extra ans Fenster, wenn sie sich auszieht. Nur damit ich sie sehe.

Herbert zeigte ihm das Fernglas, das er aus einem Kaufhaus hatte mitgehen lassen, und lehnte sich damit über das Fensterbrett. Aber jetzt bei Tag war es aussichtslos und er drückte es Paul in die Hand.

Du musst abends kommen, wenn du was Richtiges sehen willst, sagte er.

Herberts Mutter wollte wissen, was sie am Fenster machten. Sie stand plötzlich hinter ihnen, ohne dass sie etwas gehört hatten.

Nichts, beteuerte Herbert, nichts besonderes, und in Pauls Händen brannte das Fernglas. Er versuchte es so vor seinen Körper zu halten, dass Herberts Mutter es nicht sehen konnte.

Wie immer, schimpfte sie und drehte sich um, um ins Bad zu gehen. Sie trug ein langes Nachthemd, aber im Gegenlicht erahnte man die Form ihrer Beine unter dem dünnen Stoff. Sie zog sich um, ohne die Tür ganz zu schließen.

Komm, sagte Herbert, der Pauls Blick sah, gehen wir nach unten.

Im Lift erzählte Paul, was der Anwalt am Telefon zu seiner Mutter gesagt hatte, und Herbert hörte zu, mit offenem Mund. Als sie an den Jugendlichen, die immer noch auf den Treppen herumsaßen, vorbei waren, schob Herbert seine Unterlippe nach vorne.

Paul fragte ihn, ob er ihm nicht glaube.

Blödsinn, sagte Herbert, aber verstehen tu ich's nicht. Einfach so freilassen ohne Prozess.

Weil er nichts getan hat, sagte Paul.

26.

Manchmal wünsche ich mir, Alex hätte geschrien oder auf mich eingeschlagen. Ich solle ihn in Ruhe lassen, mich nicht in sein Leben mischen, das ginge mich alles nichts an. Er hätte es mir auch mit seinen Fäusten auf den Leib trommeln können, nur nicht schweigen, schweigen und sich rückwärts davonstehlen.

Manchmal träume ich mir die Explosion zusammen, die nie geschah, die anders geschah: wie ein Funke zündete und dann die Wörter aus ihm herausplatzten, die ganze aufgestaute Hilflosigkeit. Warum verfolgst du mich, hätte er brüllen sollen, und ich hätte mich geduckt, wäre in die Ecke gekrochen, klein unter so viel Wut.

Weil ich deine Schwester bin, hätte ich geantwortet in den Pausen, in denen er nach Luft rang, weil ich deine Schwester bin und nicht einfach zusehen kann, wie du dich verrennst. Wie du wegläufst, wie du schweigst, wie du dich versteckst. Sag mir doch, was dich herumtreibt. Bin ich es?

Vielleicht hätte ich schreien sollen, auf ihn einschlagen. Aber wir haben uns gegenseitig den Mund zugenäht, Stich für Stich. Jede Frage, die nicht gestellt wurde, ein weiterer Stich, jede Antwort, die verweigert wurde. Wie unter einer Glasglocke, sagt Erika.

Irgendwann haben wir nur mehr über Belanglosigkeiten gesprochen, die Busse, die immer zu spät kamen, der Friseur, der jedes Mal teurer wurde.

Die Haare kannst doch du mir schneiden, sagte Alex. Er sagte es ohne Rucken in der Kehle.

Die Büschel fielen auf den Küchenboden, auf meinen Rock, auf meine Schuhe, eine lichtbraune Watte, die sich verteilte. Er ertrug es, dass ich seinen Kopf in meine Hände nahm, ihn wiegte und drehte. Das Weiß seiner Kopfhaut, die abgeschnittenen Haarspitzen, die überall waren, in seinen Ohren, auf seinem Hals. Wenn er in den Spiegel sah, lachte er.

Ich habe ihm gesagt, dass er aussehe wie auf den Fotos seiner Erstkommunion. Heute noch entdecke ich manchmal Haare von ihm auf der Anrichte oder auf dem Fensterbrett in seinem Zimmer.

Hilf mir, Erika, flehe ich sie an, wie war das an diesem Tag. Leg mir einen Wortteppich, über den ich gehen kann, über die schwarzen Abgründe, in die ich stürzen kann bei jedem Schritt.

Ich sehe ihren Fingern nach, die sich im Pullover vergraben. In die weiten Maschen, die sich dehnen, bis die Fingerspitzen durchbrechen.

Auch sie weiß nicht, wo sie beginnen soll. Als ich aufwachte, sagt sie, an diesem Morgen, an diesem Tag. Und ihr Blick folgt meinem, bohrt sich in die Maschen, bleibt hängen zusammen mit ihren Wörtern.

Weiter, sage ich, weiter. Ich treibe ihre Worte vor mich her und weiß nicht, ob sie halten.

Sie sagt, dass ihr Vater schon aus dem Haus war. Sie habe sich gewundert, dass er sogar die Tasse ins Spülbecken gestellt habe, stell dir vor, sagt sie, sonst hat er sie immer stehen lassen. Die Sirenen habe ich gehört, die der Rettung, der Polizeiautos, vielleicht bin ich dadurch aufgewacht.

Und die Explosion, sage ich.

Nein, sagt sie.

Ich habe ein neues Tischtuch gekauft und neue Tassen, damit die Zeit nicht stehen bleibt. Erikas Blick wandert über das Bord, aber seine Tasse, die mit seinem Namen, steht nicht mehr da. Sie ist im Abfall verschwunden, genauso wie meine Schuhe.

Er hat alles gewusst, schießt es aus ihr heraus, mein Vater hat alles gewusst. Vielleicht war er mit Alex an diesem Morgen, ganz in seiner Nähe. Und dann ist er zurückgekommen, am späten Vormittag, steht hinter mir herum und versucht es mir beizubringen. Es ist etwas mit ihm, hat er gesagt.

Es ist etwas mit Alex, das hat man auch zu mir gesagt. So muss man wohl beginnen, wenn man jemandem etwas beibringen will, schonend.

Und dann, sagt Erika, dreht er sich zum Fenster, wie um mir nicht in die Augen zu sehen, und sagt: Es hat ihn erwischt.

Wie erwischt?

Er ist tot, sagt er.

Ich habe ein neues Tischtuch gekauft und neue Tassen. Es soll nie mehr so sein wie vorher.

Erzähl mir, sage ich zu Erika, ich halte die Stille nicht aus. Ich setze Kaffee auf, erzähl mir irgendetwas, von einem Film, den du gesehen hast, von einem Buch, das du gelesen hast.

Ich war schon lang nicht mehr im Kino, sagt Erika.

Irgendwann einmal werden wir zusammen in den Park gehen, zum Denkmal, das Alex das Leben gekostet hat. Der unbekannte Alpini-Soldat aus Eisen, der sein Gewehr umklammert, den Blick aus vermoosten Augen in die Bäume des Parks gerichtet, ins Blattgrün. Er wird immer noch bewacht, aber die Streife, die ihre Runden drehen soll, sitzt im Bahnhofscafé, die Gesichter in der Sportzeitung.

Erklär du mir, was die Inschrift bedeutet, werde ich zu Erika sagen, warum er zu Eisen geworden ist, hier an diesem verlassenen Ort.

27.

Der Tag, an dem Pauls Vater zurückkam, hatte eine wässrig blaue Farbe, schon vom Aufwachen an.

Paul stellte sich ans Fenster und wartete darauf, dass Onkel Antons Wagen in ihre Straße einbog. Hinten über der Kreuzung lag der Himmel und tauchte die Stunden des Wartens in sein Licht. Immer wieder schob sich eine der durchsichtigen Frühlingswolken in den Horizont des Fensterrahmens und blieb mittendrin stehen. Paul schaute zu, wie sie langsam verblassten und sich auflösten, bis nichts mehr übrig blieb. Es sah aus, als fräße das Blau des Himmels das weiße Gefieder in sich hinein, mit langsamen, mahlenden Bewegungen, und könnte nie richtig satt werden.

Mama war mit Onkel Anton und dem Anwalt noch in der Nacht weggefahren. Sie hatte nicht gesagt, wann sie wieder zurück sein würden, und auch Maria zuckte nur mit den Schultern, als er sie danach fragte.

Vielleicht erst am Abend, ganz spät, sagte sie.

Aber auch sie blieb den ganzen Tag zu Hause, hantierte in der Küche und warf von Zeit zu Zeit einen Blick über Pauls Schulter. Er schaute ihr zu, wie sie sich auf die Fensterbank lehnte und sich vorbeugte, um bis zur Ecke zu sehen, wo das kurze Straßenstück der Siedlung in die Hauptstraße einbog.

Wenn man lange genug dort hinschaute, konnte man sich vorstellen, wie die Straße weiterlief. Aus der Stadt hinaus, vorbei an den Häuserblocks von

Harlem und dann von einem Dorf zum anderen, hinweg über Felder und Wiesen, durch die Städte hindurch, die sie im Erdkundeunterricht durchmachten, bis hin zu dem Gefängnisgebäude in Mailand mit den hohen Mauern und Wartesälen. Je länger man dort hinstarrte, auf das schwarze Straßenstück, die Hochhäuser dahinter und den Frühlingstag, der zwischen ihnen hindurchleuchtete, desto mehr nahm alles, was man erblickte oder auch nur sich vorstellte, die Farbe des Himmels an, ein fiebriges Blau, das in den Augen schmerzte.

Mach doch deine Hausaufgaben, sagte Maria.

Mach du doch deine, sagte Paul.

Onkel Antons Wagen war ein weißer Fiat 600, aber davon gab es viele. Sie kamen von der Hauptstraße und bogen in die Siedlung ein, doch vor ihrem Haus hielt keiner. Als es dunkel wurde, bohrte Paul seine Augen in die gelben Lichter, bis ihm schwindlig wurde.

Was bist du so blöd, sagte Maria, geh doch ins Bett.

Geh doch du, sagte er.

Die Augen seines Vaters waren krank. Die Pupillen schwammen in einer rötlichen Masse, die aussah wie Blut, wie frisches, helles Blut. Wenn er seine Lider schloss, wirkte sein Gesicht fast wie früher, aber kaum öffnete er sie wieder, starrte einen die Krankheit an.

Vater saß auf dem Stuhl am Fenster, wie in der alten Wohnung am Abend mit seiner Zeitung, und sah Paul zu, wie er frühstückte. Er schaute auf seine

Finger, wie er das Brot in die Tasse tunkte, auf den Löffel mit der Marmelade, er folgte jeder seiner Bewegungen. Als Paul die Butter aus der Speisekammer holte, drehte der Vater seinen Kopf und sah ihm nach. Paul wartete darauf, dass sein Vater mit ihm redete, ihm alles erklärte, aber er wischte sich nur manchmal über seine Augen und blieb still. Wer weiß, vielleicht konnte er ihn gar nicht richtig sehen.

Geh doch wieder ins Bett, sagte Mama zu ihm.

Sie mussten spät in der Nacht gekommen sein, als Paul schon eingeschlafen war. Erst am Morgen hatte er Mamas Stimme gehört, und als er die Augen aufschlug, sah er, dass seine Schwester im Bett neben dem seinen lag.

Als er aufstand, saß der Vater schon angekleidet in der Küche. Paul wartete darauf, dass er zur Arbeit ging wie früher, aber er blieb einfach sitzen und schaute stumm auf alles, was sie machten. Als Maria zum Frühstück hereinkam, starrte er auf ihren Rock, der nicht einmal ihre Knie bedeckte, er schaute stumm auf ihr offenes Haar, das ihr ins Gesicht fiel, wenn sie sich nach vorn beugte.

Willst du nicht wieder ins Bett gehen, sagte Mama und legte eine Hand auf Vaters Wange.

Sie nahm ihn am Arm wie ein Kind, er ließ sich widerstandslos ins Schlafzimmer ziehen, und Maria und Paul sahen sich an.

Was ist denn mit ihm, fragte er.

Maria zuckte mit den Achseln: Das siehst du doch selbst.

Im Schulbus log er Herbert an. Er ist noch nicht gekommen, sagte er, als ihn sein Freund fragend ansah.

Vielleicht gefällt es ihm in Mailand besser als hier, sagte Herbert, und er bleibt für immer dort.

Du spinnst, sagte Paul.

Ich würde auch lieber in einer Stadt wie Mailand leben, sagte Herbert, stell dir vor, der Mazzola, der im Autobus neben dir sitzt und zum Stadion fährt.

28.

Er habe ein Zimmer in der Stadt, sagte Alex eines Tages. Ein Zimmer, ganz für sich allein, nur fünf Minuten vom Betrieb. Und fast geschenkt.

Schluckstimme, Stummelstimme, die Augen am Grund des Tellers, aber es sollte beiläufig klingen. Nebenher gesagt, zwischen einem Bissen und dem anderen. Ich sehe die Gabel in seiner Hand, die in den Nudeln stochert und nicht zum Mund will.

Was hast du gesagt, frage ich, als hätte ich nicht zugehört. Ich zwinge ihn seine Worte zu wiederholen, alles noch einmal von vorne, das ist die Schwesterstrafe, die Vaterpeitsche, gut gelernt.

Ein Zimmer, drückt er über seine Zunge, unterm Dach.

Ein Zimmer, frage ich nach, was soll das.

Und schon versiegen die Wörter, er bückt sich nach seinen Schuhen, schiebt den Teller von sich weg, hält sich am Glas. Und wieder bin ich es, die für ihn spricht. Ein Zimmer, sage ich, damit du abends, wenn es später wird, dort bleiben kannst. Ich weiß das ja, sage ich, der letzte Stadtbus fährt um acht, und wenn die Arbeit länger dauert, dann. Aber so oft ist das doch nicht.

Doch, sagt Alex, doch.

Aber bisher hat er immer jemanden gefunden, der ihn herbrachte, Kammerer oder den Spengler oder sonst wen, den ich nicht kannte. Der den Motor aufheulen ließ unter dem Fenster und wendete mit quietschenden Reifen, wie um anzukündigen, dass der verlorene Bruder endlich zu Hause sei, da, wo er hingehöre.

Aber das Zimmer, sagt Alex, mein Zimmer, meins. Er zeigt mir seine Geldtasche, er hat die erste Miete schon bezahlt.

Am Sonntag legt er zwei Hemden in einen Pappkarton, Socken, Rasierzeug und einen seiner blauen Arbeitsanzüge. Auch seine Tasse muss mit und das Werkzeug, das er im Schlafzimmer gehortet hat. Es ist alles abgemacht, er wird ausziehen mit einem Fuß und mit dem anderen hier bleiben.

Ich begleite ihn hinunter zur Haltestelle, zum Bus, der sonntags nur alle drei Stunden fährt. Zwei Tage noch von jetzt an, dann wird mein Bruder wiederkommen mit seiner Wäsche, den durchgeschwitzten Hemden mit gelblichen Flecken unter den Achseln. Er wird mich fragen, was es zu essen gibt, und ich werde ihn fragen, wie er zurechtkommt.

Der Karton, zugeschnürt wie ein Paket, stößt an meine Knie, wenn ich ihm zu nahe komme. Und wenn ich die Seite wechsle, wechselt auch der Karton. Die Schnur schneidet in Alex' Handflächen, brennt rote Striemen in seine Haut, man bräuchte vier Hände, um sich abzuwechseln. Aber Alex schüttelt den Kopf, er will sein Paket alleine tragen, sein Hab und Gut, sein Abschiedsblei. Er lässt es auch an der Haltestelle nicht los, legt es nicht auf die Bank, stellt es nicht auf den Boden.

Der, den sie den Spengler nannten, steht am Eingang zum Hinterzimmer, er zieht mich ins Dunkel der Eckbank, schließt die Tür, bevor ich ihn noch grüßen kann. Er soll mir noch die Sachen vorbeibringen, die Alex bei ihm zurückgelassen hat. Aber in die Wohnung wollte er nicht kommen, nicht in die Stadt, wir sollten uns irgendwo draußen treffen in einem Dorfgasthaus, hat er mir über Erika sagen lassen.

Frag mich nicht, Mädchen, sagt der Spengler, es ist alles vergessen. Trink ein Glas Wein mit mir und sei still. Seine dicken Finger greifen nach der Flasche, er will meine Fragen nicht beantworten, ich bin niemand für ihn.

Aber Alex, wiederhole ich, Sie müssen doch wissen. Sie waren doch sein Freund, er hat in Ihrem Haus gewohnt.

Der Spengler dreht sein Glas zwischen den Fingern und sieht an mir vorbei. Ich weiß gar nichts, sagt er und wischt über die Tischplatte. Er flüstert, als ob die Wände Ohren hätten, stürzt seinen Wein hinunter und will keine Zeit haben. Er stiert in meine Alexwunde, starrt auf das Blut, das nicht gerinnen will, und weiß nichts dazu. Das mit deinem Bruder ist schlimm, raunt er, ein großes Unglück, aber es war für die richtige Sache. Für die richtige Sache, sagt er, und er war ja nicht der Einzige, der ins Gras beißen musste.

In welches Gras, will ich sagen, aber da sitzt mir schon niemand mehr gegenüber. Der Spengler hat das halb volle Glas stehen lassen, ist auf der Flucht, auf und davon.

Ich öffne das Bündel, das er auf den Stuhl gelegt hat, Alex' Habseligkeiten. Ich werde sie mit mir nehmen und ausbreiten zu Hause, werde mich auf sie stürzen, meine Hände an ihnen rissig waschen, ich werde sie bügeln und streicheln und sie in den Schrank legen zu seinen übrigen Sachen.

Alex kommt pünktlich, am Dienstagabend, Freitagabend, Sonntagmorgen. Er legt seine Wäsche ins Bad und isst, als hätte er tagelang nichts gegessen. Er soll sich hinlegen, sage ich nach dem Essen, er sieht müde aus. Dein Bett ist frisch gemacht, sage ich.

Aber er schüttelt den Kopf, er muss wieder zurück. In seine Zelle, in seine Alleinsamkeit. Jedes Mal, wenn er geht, sagt er, ich solle mir keine Sorgen machen um ihn. Er steht im Flur, zeigt sein Gesicht her, seine Honigaugen und sagt, dass es so besser sei. Dann dreht er ab und ich höre ihn die Stiegen hinunterlaufen, als wäre er auf der Flucht vor mir. Vor meiner Liebe, vor meiner Fürsorglichkeit.

Ich kann dir dein Zimmer aufräumen, putzen einmal die Woche, sage ich. Und wer macht dir das Bett, wer wäscht ab, kauft dir Lebensmittel ein. Aber Alex wehrt ab, noch mitten in meinem Satz fahren seine Hände hoch. Er will nichts wissen von mir in diesem Zimmer, er will mich nicht mitnehmen, auch nicht für einen Besuch, für einen Kaffee am Sonntagnachmittag.

Am Montagabend stehe ich vor seinem Betrieb, auf dem Platz, wo die Lastwagen halten. Ich sehe Alex aus dem Tor kommen, sich an der Ecke verabschieden von einem und dann die Straße entlanggehen. Ich halte den Abstand, der sich gebührt für eine Verfolgerin, bleibe stehen, wenn er stehen bleibt, gehe weiter in seinem Schritt. Ich gehe hinter Passanten, denen ich über die Schulter schaue. Ich lerne die Hauseingänge kennen, die schattigen Ecken, die Schutz geben vor überraschenden Blicken.

Aber Alex sieht sich nicht um, schöpft keinen Verdacht. Einmal betritt er ein Geschäft, kommt heraus mit einem Paket, viel zu schnell, als dass er es hätte aussuchen können, sich einpacken lassen, zahlen. Eine Eisenwarenhandlung, sehe ich im Vorbeigehen, und einen Namen über der Tür: Baldauf. Dann biegt er ab in eine schmale Gasse und als ich um die Ecke bin, verschwindet er in einem Hauseingang, kommt nicht wieder.

Hier also wohnt er jetzt, ich suche nach einem Namen, es gibt weder Klingel noch Namensschilder wie draußen im Viertel, wo wir zusammen waren bis vor kurzem. Ich stehe so lange vor dem Haus, bis jemand kommt, sich meiner erbarmt. Ob ich jemanden suche? Dann höre ich den Namen, den ich gerade gesehen habe, erfahre, dass es der Spengler ist, dem das Haus gehört und die Werkstätte hinten im Hof. Der Spengler, dem Alex nachgelaufen ist, sobald er bei uns auftauchte, der Spengler, der Alex weggezogen hat von mir.

Keine Angst, mein Bruder, sage ich, ich werde dich nicht besuchen, deine Geheimnisse nicht stören.

Dann, zwei Tage später, steht er im Gang unserer Wohnung und lächelt. Zieht ein wuschelig schwarzes Bündel unter seiner Jacke hervor und hält es mir hin. Für dich.

Ein winselndes Bündel, das durch die Wohnung tappt, an unseren Beinen riecht und die Schuhe durcheinander wirft neben dem Kasten. Wie er heiße, will ich wissen, und Alex zuckt die Schultern. Ich soll ihm einen Namen geben, noch hat er keinen. Rex, sage ich, oder Hasso, was hältst du davon. Und Alex kann lachen, weil ich nicht sehe, dass es ein Weibchen ist. Gut, dann Laika.

Laika, damit ich weniger allein bin, Laika, damit ich mit jemandem reden kann, damit ich jemanden habe, um den ich mich sorge. Ist es das, Alex?

Aber Alex hört nicht hin, zeigt vom Fenster aus, wo er ihn gefunden habe, den Schönsten aus einem großen Wurf, den Einzigen ohne Fehlfarbe. Er runzelt die Stirn, wenn ich sage, dass ich dann noch früher aufstehen müsse, nur um den Hund hinauszubringen. Und wer soll ihn erziehen?

Ein Geschenk, wiederholt Alex, mein Geschenk, und all meine Bedenken können seine Fröhlichkeit nicht wegwischen. Er geht, mit einem Lächeln auf den Lippen, fast verschmitzt, so als wüsste er etwas, auf das ich erst kommen müsste.

Am nächsten Morgen wache ich auf von einer nassen Zunge im Gesicht, ich muss Laika rausbringen, einmal um den Block gehen. *Che bel cucciolo*, sagt die Nachbarin auf der Stiege.

Und alle sprechen mich an auf der Straße, so was Putziges, so was Tapsiges haben sie schon lange nicht mehr gesehen. Und ich, die ich ihre Fragen nicht beantworten kann, welche Rasse, wie alt und was sonst noch. Ich werde Alex fragen nächstes Mal oder übernächstes. Ein Geschenk, hat Alex gesagt, aber mir fällt dazu nur das Wort Abschied ein.

29.

Mit den Wochen, die vergingen, heilten auch die Augen des Vaters, aber sonst änderte sich nichts. Er saß in der Wohnung herum, schob das Essen von sich und sagte nichts. Er las auch keine Zeitungen mehr und wenn Mama ihn fragte, ob er nicht mit ihr einen kleinen Spaziergang machen wolle, schüttelte er den Kopf.

Bei diesem schönen Wetter, sagte sie.

Nur einmal bis in die Obstwiesen hinaus, bettelte Mama und streckte ihm die Hand hin.

Sie zog sich die Schuhe an, nahm die Handtasche und stellte sich in den Flur. Aber Vater rührte sich nicht von seinem Platz. Wenn Paul mittags nach Hause kam, saß sein Vater meist in derselben Haltung da wie am Morgen, als er zur Schule aufgebrochen war, es schien, als hätte er sich den ganzen Vormittag nicht von seinem Platz bewegt.

Eigentlich sah er ihnen gar nicht richtig zu, er schaute durch sie hindurch in eine unbestimmte Ferne, als würden ihn Gedanken beschäftigen, die wichtiger waren als alles um ihn herum. Nur wenn Maria und Paul Lärm machten und sich stritten, wer beim Abwasch helfen musste, nahm er sie wahr und schüttelte missbilligend den Kopf.

Er kommt nicht mehr zu sich, flüsterte Mama vor sich hin. Sie versuchte ihn aufzuheitern, indem sie die Nachbarn nachäffte, die über ihnen wohnten und mit ihren Tieren sprachen, als wären sie Kinder. Dann lachte sie hell auf und während sie lachte, betrachtete sie ihren Mann mit dem einen Auge, das ernst blieb, wie um zu sehen, ob er nicht zumindest schmunzelte. Manchmal setzte sie sich neben ihn, schmiegte ihren Kopf an seine Schulter und sagte, dass ihr Leben erst jetzt richtig beginne.

Onkel Anton kam nicht mehr so oft wie früher. Aber auch er redete auf Vater ein und sagte, dass er jetzt frei sei, und die Freiheit sei ein kostbares Gut, das man nicht so einfach wegwerfen dürfe.

Manchmal steckte er Mama Geld zu, wenn Vater nicht hinsah oder wenn sie ihn zum Abschied zur Tür begleitete. Sie weinte jetzt seltener, aber immer öfter schlang sie die Arme um ihren Oberkörper, wenn sie sich unbeobachtet fühlte, und seufzte, den Blick an die Zimmerdecke gerichtet.

Und dann, eines Tages, war das mit dem Verräterschwein.

Es dämmerte noch, als Mama in sein Zimmer kam und Paul aus dem Schlaf schüttelte. Wir müssen es wegbringen, flüsterte sie, bevor es Vater mitkriegt.

Das hätten sie nicht tun dürfen, flüsterte sie und nahm Paul mit vor das Haus.

Das Wort stand auf der Mauer, gleich neben dem Eingang. In großen, schwarzen Buchstaben, die bis zum Fenster liefen, hinter dem Paul und Maria schliefen. Das ist Kohle, sagte Mama, als sie mit dem Finger drüberfuhr, und Gott sei Dank kein Teer. Mit warmem Wasser und Seife würden sie es wegwaschen können. Sie legte einen Finger auf ihre Lippen, sie durften keinen Lärm machen, damit Vater, der vielleicht schon in der Küche saß, nichts merkte.

Paul fragte, warum das hier stand, die riesigen Buchstaben auf ihrem Haus, und Mama sah herüber vom Eingang des Schuppens. Sie werde es ihm später erklären, später irgendwann, sagten ihre Gesten. Es musste etwas mit Vater zu tun haben, das war Paul klar, aber was? Er hatte doch nichts getan.

Als seine Mutter sich überzeugt hatte, dass die Schrift unter der nassen Bürste tatsächlich zerfloss und verschwand, musste Paul allein weitermachen.

Ich sag ihm einfach, dass du früher in die Schule bist, weil ihr einen Ausflug habt, flüsterte Mama. In ihren verquollenen Augen stand ein bisschen Wasser und Paul nickte.

Während er die Bürste über den rauen Verputz rieb, lauschte er, ob Vater keinen Verdacht geschöpft hatte. Aber es blieb alles still. Die Küche lag auf der anderen Seite und das eine Fenster, unter dem Vater immer saß, ging zum Nachbarhaus.

Wenn er sich beeilte, würde er nie etwas erfahren von den bösen Buchstaben an ihrer Hauswand. Und vielleicht auch sonst niemand. Zwei Passanten waren stehen geblieben und sahen ihm von der anderen Straßenseite aus zu. Aber die Schrift war kaum mehr zu erkennen, nur noch ein breiter schmutziger Streifen zog sich quer über die Mauer.

Dann wischte er noch einmal mit dem Lappen über den Putz und goss das schmutzige Wasser in den Straßengraben. Jetzt gab es wirklich nichts mehr zu lesen. Man konnte sich vielleicht denken, dass ein Lastwagen im Vorbeifahren Wasser aus einer großen Pfütze an die Mauer gespritzt hatte, so sah es aus.

Es war noch viel zu früh für den Bus. Wenn er zu Fuß zur Schule ginge, dachte er sich, wäre er noch vor dem Schulbus dort.

Als er die Carduccistraße überquerte, ging gerade die Sonne auf. Sie leuchtete in die Auslagen des Bäckers und erinnerte ihn daran, dass er nicht gefrühstückt hatte. Mama schien in der Aufregung vergessen zu haben, dass sie ihn ohne Essen in die Schule schickte. Auch seine Schultasche war zu Hause in seinem Zimmer geblieben. Aber er würde einfach Herbert fragen, ob er sein Pausenbrot mit ihm teilte.

Als er vor der Schule ankam, sperrte der Schulwart gerade das Tor zum Hof auf. Paul setzte sich auf die Mauer und wartete. Der erste Schüler, der die Straße heraufkam, ging geradewegs auf ihn zu. Er stellte sich vor Paul hin und fragte ihn, wie er denn aussehe.

Paul sagte, er solle verschwinden. Er wusste schließlich selbst, wie er aussah. Sein Hemd war schwarz verschmiert, genauso wie seine Hände und Unterarme. Eigentlich hatte er keine Lust mehr, an diesem Vormittag zur Schule zu gehen, aber dann kam Herbert und sagte, er solle sich wegen dem bisschen Dreck nicht so anstellen.

Wenn uns die Chinesen schon überfallen müssen, sagte Herbert, macht das auch nichts mehr.

30.

Herbert klopfte die Taschen seiner Hose nach Zigaretten ab und hielt Paul eine hin. Hinter den Umkleidekabinen hatten sie etwas Schutz vor dem

Wind und sie schafften es beim ersten Mal, das Zündholz in die hohle Hand gedreht, die Zigaretten anzubrennen.

Ich hab alles gesehen, sagte Herbert.

Was alles?

Die ganze Scheiße an eurem Haus.

Er war mit seiner Mutter aufgestanden und mit ihr ins Café gefahren, wo sie arbeitete, um dort zu frühstücken. Als der Bus über die Kreuzung fuhr, habe er aus dem Fenster geschaut, um zu sehen, ob bei Paul schon Licht brenne, und dann sei da die Schrift gewesen. Er meinte, dass das eine Menge Arbeit gewesen sein müsse, die ganze Sauerei abzuwaschen.

Es ging, sagte Paul.

Sie kauerten sich an den Fuß der Mauer und schauten über den Bahndamm, wo Arbeiter damit beschäftigt waren, Apfelbäume zu roden, um Platz zu schaffen für neue Häuser. Ein Zug kam pfeifend heran und die Arbeiter hielten inne und spuckten in die Hände.

Am besten wär's, einfach abzuhauen, sagte Herbert.

Er musste schreien, um das Rattern der Waggons zu übertönen.

Meine Mutter wär' sowieso froh, wenn sie mich nicht mehr sieht.

Der Zigarettenrauch biss Paul im Hals und er versuchte den Hustenreiz zu unterdrücken. Er konzentrierte sich auf seine Atemzüge und schaute hinüber auf das Bahngleis, wo der Zug vorbeikam.

Er hatte Holzstämme geladen und auf Höhe der Arbeiter verlangsamte er seine Fahrt.

Die würden Augen machen, sagte Herbert, wenn wir nicht mehr da wären. Und wenn sie dann irgendwann eine Karte kriegen aus Amerika. Oder aus Nebjork.

Nebjork, sagte Paul, das ist verdammt weit.

Herbert schob zwei Finger in den Mund und versuchte, das Pfeifen des Zuges nachzuahmen. Früher waren sie manchmal am Bahndamm entlanggelaufen, der Lokomotive nach, und hatten in das Quietschen der Räder hinein geschrien, nimm uns mit, nimm uns mit. Und manchmal hatte der Lokführer herausgewinkt oder ein Reisender, der am Fenster stand.

Vielleicht ist er wirklich ein Verräter, dein Vater, sagte Herbert. Kann doch sein, dass er Geheimnisse ausgeplaudert hat vor der Polizei.

Paul konnte sich nicht vorstellen, dass sein Vater etwas Geheimes wusste, das er hätte verraten können. Er hatte doch immer alles erzählt, wenn er abends nach Hause gekommen war, von seiner Arbeit und wen er getroffen hatte. Andererseits ahnte er, dass es vieles geben musste, was ihnen die Erwachsenen vorenthielten. Worüber sie einfach schweigen oder was sie unter sich ausmachten. Mama und Onkel Anton, sein Vater, die Lehrer in der Schule, irgendwie schienen sie alle ein zweites Leben zu haben, in das man nicht hineinblicken konnte. Aber hatte er nicht auch seine Geheimnisse, von denen er nicht einmal Herbert erzählte?

Kann doch sein, sagte Herbert, dass sie ihn deswegen so schnell wieder freigelassen haben.

Paul zuckte mit den Schultern und schaute zu, wie die Arbeiter ihre Äxte und Schaufeln von der Ladefläche des Lieferwagens ins Gras warfen.

Da bin ich mir fast sicher, sagte Herbert.

Zwischen den Bäumen kam die Sonne durch. Sie warf helle Flecken auf die Felder, flattrige Lichtwolken, und der Wind trieb Wortfetzen aus den Zurufen der Arbeiter zu ihnen her. Herbert schnippte die Asche seiner Zigarette ins Gras und sagte, dass man die, die Komplizen verraten würden, immer laufen ließe. Das sei die Belohnung dafür.

Die Arbeiter hinten auf den Feldern begannen mit einem Bagger die Bäume umzuschieben. Das Krachen der brechenden Wurzeln und Äste übertönte das Dröhnen des Motors. Jedes Mal, wenn ein Baum gefallen war, wurde der Motor abgestellt, und in der Stille hörte man das Klatschen der Äxte, die in das weiche Holz fuhren.

Als Herbert seine Zigarette ausgedrückt hatte, wollte er wissen, was dann mit Amerika sei.

Muss ich mir noch überlegen, entgegnete Paul.

Er hatte Herbert kaum zugehört, weil er darüber nachdachte, wer denn Vaters Komplizen hätten sein können, aber er wusste nicht einmal, bei welcher Sache.

Wenn du meinst, antwortete Herbert, aber deine Kaki nehmen wir auf keinen Fall mit. Weiber brauchen wir keine.

Klar, sagte Paul.

Sie gingen zum Fluss hinunter, ließen Steine über das Wasser tanzen und warteten, bis der Nachmittag vorüber war.

Amerika war so weit weg, dass es in seinem Heimatkundebuch gar keinen Platz fand. Auf der größten Karte war der Stiefel des italienischen Festlandes abgebildet, die gezackte Küstenlinie und ringsherum nur Wasser. Wasser fast bis über die Seitenränder hinaus.

Du bist noch zu klein, sagte Maria. In der nächsten Klasse, wenn du überhaupt aufsteigst, da macht ihr Amerika. Sie behauptete, dass Amerika das mächtigste Land der Welt sei.

Aber im Fußball sind die nichts, sagte Paul.

Du mit deinem blöden Fußball, sagte Maria, in Amerika gibt es dafür Wolkenkratzer, die so hoch sind wie bei uns die höchsten Berge.

Du spinnst, sagte Paul, das hat dir wohl dein verblödeter Salvatore erzählt, oder wie er heißt. Der hat sie doch nicht alle.

Maria fauchte auf und warf mit einem Kissen nach ihm. Er duckte sich und hinter ihm hörte er das Glas der Küchenkredenz scheppern.

Hört doch auf zu streiten, sagte Mama und drehte sich von ihrem Waschbecken um.

Und in diesem Moment, während Paul sich bückte, um das Kissen aufzuheben, räusperte sich der Vater. Er stützte sich mit beiden Armen am Tisch auf und fragte Paul, wen er da gemeint hätte. Er nahm Salvatores Namen nicht in den Mund und Maria warf Paul einen wilden Blick zu.

Niemand, stotterte Paul.

Niemand, sagte Maria, niemand. Er zieht mich nur auf.

Wehe, du fängst mir etwas mit so einem an, sagte der Vater, und sein Gesicht bebte. Ich erschlag dich. Ich erschlag dich mit meinen eigenen Händen.

Er trat einen Schritt auf Maria zu, die zurückwich, dann hielt er inne, ließ seine Hand sinken und blieb stehen wie gelähmt. Er murmelte noch etwas, dann schlurfte er auf seinen Platz zurück, sank in sich hinein und sprach den ganzen Tag kein Wort mehr.

Als er sich hingelegt hatte, redete ihnen die Mutter ins Gewissen. Er ist doch von denen eingesperrt worden, sagte sie, so was dürft ihr ihm nicht antun.

Du brauchst nicht so unschuldig tun, sagte Maria, ich hab dich auch mit der Modigliani gesehen.

Das ist was anderes, sagte Paul, die ist doch eine Schulkollegin.

Mama sagte, jetzt geht das schon wieder los. Sie sollten doch einmal auch an ihren Vater denken und an das, was er erleiden musste. So wird er nie mehr besser, sagte sie, wenn ihr ihm nur Kummer bereitet.

Maria nickte stumm und das Wasser in Mamas Augenwinkeln glitzerte.

31.

Ich lege die Kleider, die ich ihm mitgeben werde, auf das Bett in seinem Zimmer. Schwarze Hose, Nylonhemd, Jacke. Das Wollsakko mit den Karos, das er zu Weihnachten getragen hat und zu Ostern, noch wie neu. Oder vielleicht doch ein anderes Hemd, eines, das besser passt? Die Halbschuhe wollen geputzt sein, flink. Dann noch die Unterwäsche, frisch gebügelt, aus dem Schrank im Gang. Es ist für eine Reise, sage ich mir.

Für eine weite Reise, für einen Aufbruch ins Unbekannte. Auch andere sind nie mehr zurückgekommen, andere, die nach Amerika gefahren sind oder in den Krieg.

Noch einmal durchzählen, ob nichts fehlt. Den Männerkörper abgehen, den Bruderkörper, die Kleiderschichten von innen nach außen. Nur nichts vergessen, die Socken nicht, den Gürtel nicht. Im Bus geht Erika die einzelnen Sachen mit mir durch, zählt an den Fingern ab, nein, es wird ihm an nichts fehlen.

Beim Bestatter lege ich das Paket mit Alex' Sachen auf den Schreibtisch. Das braune Packpapier, auf das ich seinen Namen geschrieben habe. Man sagt mir nicht, dass er keine Kleider mehr braucht, man sagt mir nicht, dass nichts mehr da ist, was man bekleiden könnte. Man lässt mich glauben, sein Körper sei unversehrt.

Während der Angestellte die Übernahme der Kleidung quittiert, streicht Erika mit Fingerspitzen über das Paket, ich sehe die Berührung aus den

Augenwinkeln, eine letzte Liebkosung. Wer einen Geliebten verliert, hat einen Wunsch frei.

Einen Wunsch, der in Erfüllung gehen soll: Vielleicht sagt mir Erika, dass ein Kind ohne Vater aufwachsen wird. Ihr Kind und seines. Alex' Kind. Aber niemand streicht über den Bauch, in dem es heranwachsen soll, Erikas Finger bleiben auf dem Packpapier, ziehen Kreise, kleine Achten. Und dann sieht sie zu Boden, während wir das Büro des Bestatters verlassen, nimmt meinen Arm und ermahnt mich, ich solle auf die Stufen aufpassen, frisch gebohnert, damit ich nicht falle.

Draußen finde ich meine Stimme wieder, draußen im Sonnenschein. Ein Kind, frage ich, hast du nie an ein Kind gedacht?

Nein, sagt Erika, und du?

Sie sagt es schnell heraus, als wäre sie nicht überrascht von meiner Frage, meinem Ansinnen. Und du, Johanna, wiederholt sie, sag.

Jetzt bin ich es, die stottert, es ist übergegangen von meinem toten Bruder auf mich. Erika nimmt mich um die Hüfte, zieht mich zurück auf den Gehsteig, aufs sichere Pflaster, will mit in meine Wohnung, Kaffee trinken, reden, meine Verwirrung zurechtrücken.

Erika holt die Zuckerdose aus der Vitrine, stellt die Tassen bereit, die kleinen Löffel, ich soll geschont werden. Soll mich hinlegen, Gast sein im eigenen Haus, mich ausruhen. Kraft schöpfen für die kommenden Tage, loskommen von dummen Sachen.

Was du dir einbildest, sagt sie, ein Kind mit Alex. Wir haben doch nie miteinander.

Erika ist umgeben von Besessenen. Mein Vater, zählt sie auf, der Spengler, und bald auch du, wenn du so weitermachst. Was meinst du, wie oft ich mir das habe anhören müssen, all dieses Gerede. Dieses Geschwätz von der richtigen Sache, all diese Luftschlösser, Verbohrtheiten. Befreiungskampf, haben sie sich gegenseitig zugebrüllt, Freiheit, gerechte Sache, die Welt soll auf uns aufmerksam werden, die ganze Welt.

Erika steht mitten in der Küche und gestikuliert, ahmt ihren Vater nach, sein Geschrei, seine Sprüche. Der Kampf gegen die Unterdrückung, brüllt sie, gegen die Unterwanderung. Was meinst du, wieso das Soldatendenkmal in die Luft fliegen sollte, sie kennt die Fragen auswendig und hat die Antworten bereit. Weil es ein Symbol ist für diesen Staat, für die Besatzungsmacht, die wir nicht wollen.

Läuft auf und ab, gestikuliert, ihre Hände schneiden durch die Luft und hinein in meine Ahnungslosigkeit, meine Dummheit.

Aber Alex, sage ich, er hat doch nie.

Wer kann schon in jemand hineinschauen, sagt Erika.

Der Kaffee wird kalt in der Tasse. Die Dämmerung schlägt gegen die Fenster, graue Wellen, die vom Berghang herabrollen, aus dem Dickicht der Fichten und Lärchen.

Alex, mein Bruder, liegt am anderen Ende der Stadt, liegt da in seinen Feiertagskleidern. Sein Kind will nicht wachsen, weil es keinen Vater mehr hat und auch keine Mutter. Erika zieht ihre Bluse hinauf bis zur Brust, legt meine Hände auf ihren Bauch, will mir klar machen, dass nichts zu spüren ist, kein leiser Herzschlag, kein Wischen unter der Haut wie von der Schwanzflosse eines Fisches.

Das wär' auch noch zu früh, sage ich, in meinen Büchern steht fünfter Monat, frühestens. Aber ich soll meine Hände dalassen, auf ihrem Mädchenkörper, ich soll aufhören zu reden, soll einschlafen, einschlafen und zusehen, dass ich die Gespenster vertreibe.

32.

Laika zieht mich aus dem Haus. Wer weiß, sonst würde ich mich im Gewohnten vergraben. Zur Arbeit gehen, auf den Friedhof, nach Hause, dann wieder zur Arbeit, Friedhof und wieder nach Hause. Aber Laika zieht mich die Stiegen hinunter, ihren Bedürfnissen nach, zu ihren Ecken und Bäumen, durch die Straßen und Feldwege, ins Leben.

Das Leben, das sind die anderen, die sich draußen bewegen, als wäre nichts geschehen. Die Leute, die neben mir im Laden stehen, die Passanten auf der Straße, die Jungen auf dem Fußballplatz.

Laika zieht und zieht, quer durch die Stadt, durch die Bahnunterführung, hinaus auf die Felder am Stadtrand. Der Hund pflügt durch das hohe Gras, schüttelt den Straßenstaub von den Stängeln, findet einen Telefonmasten nach dem anderen. Ich muss aufpassen, dass sich die Leine nicht verheddert, und dann stehen wir an der Abgrenzung zum Fußballfeld. Der Maschendraht hochgezogen auf Mannshöhe und dahinter die Jungen, die dem Ball nachjagen.

Laika bellt, zerrt an der Leine, will auch Jäger sein im Getümmel, und dann fliegt der Ball hoch in die Luft, fliegt über den Zaun, genau vor unsere Füße. Sie ist nicht mehr zu halten, reißt sich los, stürzt auf das Spielzeug. Treibt den Ball mit der Schnauze weiter, versucht ihn zwischen die Zähne zu kriegen, springt, jault vor Vergnügen. Die Jungen sind stehen geblieben, und dann ist einer am Maschendrahtzaun, einer im verschwitzten Trikot, der auf den Hund starrt, das wirbelnde Knäuel, und kein Wort hervorbringt.

Es ist der eine, der mich an Alex erinnert hat an der Bushaltestelle, mit seinen Bewegungen, seinem Schlenkern, so sieht man sich wieder.

Der Junge sieht auf, als ich ihm den Ball zuwerfe, ein frisches, helles Gesicht, dann nickt er mit dem Kopf, als wolle er sich bedanken. Er dreht das Leder in seinen Händen, nein, der Ball ist heil geblieben, nur nass von Laikas Speichel. Das kann man im Gras abwischen oder am Trikot, unter dem sich die Rippen abzeichnen. Immer noch drehen die Finger den Ball, als suchten sie nach Beißspuren, nach Rissen im Leder, die die Form von Hundezähnen haben.

Er ist noch jung, sage ich, und deshalb so verspielt.

Wieder geht der Blick des Jungen nach oben. Wie alt, fragt er und wischt seine nassen Hände an der Hose ab.

Fünf Monate, sage ich, und der Junge bückt sich, schlüpft mit der Hand durch eine der Drahtmaschen, um Laikas Fell zu streicheln. Da kommen schon die anderen, stellen sich auf hinter seinem Rücken und sagen, er soll das blöde Hundevieh in Ruhe lassen. Endlich weiterspielen, den Ball einwerfen und sich einreihen ins Gewirbel, in den Pulk, der dem Ball nachhetzt.

Der Junge zieht seine Finger zurück, geht davon. Und Laika bellt, bellt ihm hinterher, denn die Liebkosung ist er schuldig geblieben.

So ist das jetzt. Um zu wissen, wer mein Bruder war, muss ich die Zeitungen aufschlagen. Ich verstecke sie zuunterst in der Tasche und zu Hause kreise ich um das Papierbündel herum, das auf dem Tisch liegt mit seinem Foto auf der Titelseite. Ich räume das Eingekaufte weg, wische den Tisch, es soll sauber sein, wenn mein Bruder aus der Zeitung tritt, mein fremder Bruder.

Der Unbekannte, der Alex' Namen trägt, ihm gleicht bis aufs Haar und Attentäter genannt wird, Bombenbastler. Ein unbeschriebenes Blatt nennen sie ihn, aus deutschnationalen Kreisen, was weiß ich. Ein Ungeheuer, das in meine Küche tritt, in unsere Küche, mit blutigen Händen, verzerrtem Gesicht. Das ist er nicht, schreie ich, schreie den ganzen Vormittag.

Das bist du nicht, flüstere ich, mein kleiner Bruder, jemand hat dich in die Hand genommen, dich geschmiedet, dich verdreht bis zur Unkenntlichkeit. Jemand hat dich verbogen, verzaubert, verwandelt. Ich werde den Spengler suchen, den Kammerer, und diesmal werde ich mich nicht wegschicken lassen.

Bei der Beerdigung haben sich beide nicht blicken lassen, wir waren fast allein, meine Eltern, Erika und ich. Dann noch ein paar Arbeitskollegen von Alex, zwei Nachbarn von früher und die Angestellten des Beerdigungsinstituts. Wir gingen hinter dem Sarg her durch einen Friedhof mit fremden Ritualen. Hinter den Grabsteinen standen Männer mit Fotoapparaten, die sie hochrissen, wenn wir vorbeikamen.

Arschlöcher, sagt Erika und schaut trotzig in die Kameras.

Zwei Schritte neben uns gehen Vater, Mutter, beide für sich allein. Ihre Gesichter ein erschrecktes Staunen, das keinen Platz lässt für Fragen.

Ich habe sie am Morgen vom Autobus abgeholt, sie hierher begleitet. So weit ist es gekommen, sagten ihre Gesten, als sie auf mich zugingen an der Haltestelle. So weit ist es gekommen, ihr habt ja unbedingt wegwollen von zu Hause. Ins Fremde, in diese Stadt voller Gefahren.

Ich erkläre ihnen, was ich selbst nicht verstehe, sage, dass es ein Unfall war, ein Zufall, ein böser Zufall. Rede auf sie ein, verschlucke und verhasple mich. Vater dreht sein Gesicht ab und Mutter sucht in ihrer Handtasche. Wir gehen stadtauswärts, ich tanze um sie herum, rede, rede und warte auf ein Wort von ihnen.

Du hättest auf ihn aufpassen müssen. Das sagen sie nicht, aber ihre Mienen sprechen, ihre Gebärden. Ihre Schritte, die von mir weglaufen, ihre Hände, die unten bleiben, am Jackensaum, am Rockbund, verdreht, verknotet, kilometerweit von meinen.

Er ist nicht dumm, sage ich, er ist eigenständig in allem.

Gewesen, sagt der Vater, gewesen. Dann sind wir in der Friedhofskapelle, wo der Sarg steht, den ich ihm ausgesucht habe.

33.

Die Herbstsaison verlief für ihre Mannschaft mehr schlecht als recht. Sie hatten gerade zweimal gewonnen und standen auf dem vorletzten Tabellenplatz. Ihr Trainer lief an den Auslinien auf und ab, stritt mit dem Schiedsrichter und verfluchte seine Spieler. Beim Training ließ er seinen Zorn an ihnen aus und sagte, wenn sie nächstes Mal nicht gewinnen, würde er alle zum Teufel schicken. Er wechselte Spieler aus und ein, so oft er konnte, aber die Reservisten waren auch nicht besser als die Stammspieler.

Das letzte Match vor der Winterpause absolvierten sie in dichtem Schneetreiben. Sie lagen eins zu null in Führung, als der Schiedsrichter in der Halbzeit die Mannschaftsführer zusammenrief und ankündigte, wenn es mit dem Wetter so weitergehe, müsse er das Spiel wegen der schlechten Platzverhältnisse abbrechen.

Wegen dem bisschen Schnee, mokierte sich Herbert, der die ganze Zeit auf der Bank im Trockenen gesessen und keine Ahnung hatte, wie es war, im glitschigen Matsch draußen herumzurutschen. Er musste aber zugeben, dass es nicht leicht war, ein Flügelspiel aufzuziehen, wenn man die Seitenlinien unter der Schneedecke nicht mehr erkennen konnte.

Die Hand voll Zuschauer, die zu ihren Heimspielen kamen, waren schon vor der Halbzeitpause nach Hause gegangen. Die Jungen standen vor den Umkleidekabinen und schauten zu, wie der Wind den Schnee über das Spielfeld wirbelte. Es waren schwere, dicke Flocken, die sich da, wo sie gerade liegen blieben, sofort aufhäuften. Nur um den Mittelkreis herum und vor den Torräumen, wo der Boden von den vielen Tritten aufgeweicht war, schmolzen sie im Schlamm dahin, aber es konnte nicht lange dauern, dann würde auch dieser Teil des Feldes von einer glitschigen weißen Schicht bedeckt sein.

Der Platzwart schaltete die Laterne vor den Umkleidekabinen ein und sagte, sie sollten besser nach Hause gehen. Sie blieben aber noch und sahen den Schneeflocken nach, die in den Lichtkegel der Lampe getrieben wurden. Sie leuchteten kurz auf, für eine Sekunde oder weniger, und dann verschwanden sie wieder im Gewirbel der übrigen Flocken, die den Himmel über dem Sportplatz verdunkelten.

Ein Schneemann, sagte Herbert plötzlich und deutete mit dem Finger über den Zaun.

Dort hinter der Böschung stand Stella Modigliani. Sie war als Einzige der Zuschauer geblieben, hielt die Hände in den Manteltaschen vergraben und auf ihrer Mütze bildeten die Flocken ein kleines Häufchen. Als sie bemerkte, dass die Jungen zu ihr hinaufschauten, ging ein kurzer Ruck durch die vermummte Gestalt und der Schnee kullerte ihr vom Kopf vor die Füße.

Im selben Augenblick rollte ein dumpfer Donner über sie hinweg. Es war ein Grollen wie bei einem Gewitter, aber es konnte auch eine Explosion sein, irgendwo oben am Hang, vor dem die Schneewolken hingen.

Jetzt hat's wieder einen erwischt, sagte Herbert, wollen wir wetten?

Dann trat der Schiedsrichter aus seiner Kabine, er pfiff dreimal auf seiner Trillerpfeife und sagte, dass sie sich die zweite Halbzeit sparen könnten.

Am Sonntag hatte das Apollo-Kino eine Nachmittagsvorstellung und Onkel Anton hatte Paul das Geld für die Eintrittskarte gegeben. Er hatte gar nicht gefragt, wofür er es brauchen würde, nur schmunzelnd gemeint, er solle sich gut amüsieren.

Sie setzten sich in die letzte Reihe. Gerade vor ihnen saßen zwei, die ihre Köpfe zusammensteckten, noch bevor es im Kino dunkel wurde, und sich schmatzend küssten. Wenn Paul sich vorbeugte, sah er die Hand des Burschen, die sich langsam unter den Rocksaum des Mädchens vorarbeitete. Stella hatte seinen Blick bemerkt und starrte mit steifem Hals auf die Leinwand.

Wann beginnen die endlich, sagte sie.

Du hast wie ein Schneemann ausgeschaut, sagte Paul, beinahe hätte ich dich nicht erkannt.

Sie sprachen ein bisschen über das Fußballspiel und dass es ungerecht sei, ein Spiel gerade dann abzubrechen, wenn sie einmal auf der Siegerstraße gewesen wären. Stella sagte, sie sei ganz durchgefroren und ihre Beine würden sich immer noch anfühlen, als seien sie aus Eis. Er solle mal fühlen.

Paul beteuerte, dass er ihr das gerne glaube, schließlich sei er ja auch draußen gewesen, aber sie bestand darauf. Sie schob ihren Rock über die Knie und zeigte ihm ihre weiße Haut und die Narbe, die sie sich bei einem Sturz im Schulhof geholt hatte.

Paul berührte sie mit zwei Fingern, da wo ihre Kniestrümpfe endeten.

Spürst du es, fragte sie.

Ja, sagte er, ganz deutlich.

Das geht bis ganz hinauf, sagte sie. Morgen habe ich eine Blasenentzündung.

Paul wusste nicht genau, was eine Blasenentzündung war, aber jetzt wurde es dunkel im Saal und vorne preschte der erste Reiter mit gezogenem Revolver über die Leinwand. Stella schob ihren Rock wieder über die Knie und sagte, dass sie sich jetzt auch küssen müssten.

Genau, sagte Paul.

Bevor er noch einen Gedanken fassen konnte, wie sie das anstellen sollten, reckte sich Stella schon zu ihm hoch und er spürte ihre nassen Lippen an den seinen. Es war nur ganz kurz, und dann setzte sie sich wieder gerade und sie schauten zu, wie dem Cowboy sein Pferd unter dem Hintern weggeschossen wurde. Die Horde Indianer, die ihn verfolgte, schoss ihre Pfeile ab, tausend spitze Hartholzpfeile mit sirrenden Federn, und Paul war, als rauschten sie durch das Dunkel des Kinosaals genau auf ihn zu. Sie bohrten sich in seinen Kopf, in seinen ganzen Körper und nagelten ihn am Sessel fest. Aus den Augenwinkeln nahm er wahr, dass auch Stella getroffen schien. Ihr Kopf neigte sich zur Seite und fiel auf seine Schulter, wo er liegen blieb wie leblos.

34.

Mama sagte, man müsse endlich Vater aus dem Haus bringen. Sie sagte es zu Onkel Anton, sie sagte es zu Paul und auch zu Maria. Vielleicht dachte sie, dass Vater, wenn sie alle auf ihn einredeten, seine Müdigkeit vergäße und alles wieder würde wie früher.

Seit er hier war, hatte er aber nicht einmal seine Vespa angerührt, seine hellblaue 125er-Vespa mit der Windschutzscheibe und den glänzenden Ledersitzen. Er war früher damit jeden Tag zur Arbeit, und an sonnigen Sonntagen hatte er sie aus dem Schuppen geholt, um mit Mama ins Grüne zu fahren. Oder ins Blaue, wie sie es nannte.

Es war jedes Mal dasselbe Ritual: Mama, die sich im Damensitz hinten auf die Lederbank setzte, mit zusammengepressten Knien, die Arme um Vaters Brust, den Kopf an seinen Rücken gelehnt, so versuchte sie, Paul und Maria zuzuwinken, wenn sie losfuhren. Sie riss unsicher ihre Hand in die Höhe, für eine Sekunde oder zwei, die Augen starr geradeaus gerichtet. Kein einziges Mal hatte sie zu ihnen heraufgesehen, ans offene Fenster, wo sie standen.

Dann klammerte sie sich gleich wieder an Vater fest, aus Angst, sie würden das Gleichgewicht verlieren und stürzen, noch bevor die Fahrt richtig begonnen hatte. Hinter dem breiten Körper des Vaters sah sie aus wie ein verschrecktes Äffchen, das sich ins Fell seiner Mutter krallte.

Und Paul und Maria blickten ihnen vom Küchenfenster aus nach, wie sie in den blauen Sonntag davonfuhren. Manchmal stellte Paul sich vor, dass sich später einmal auch jemand im Fahrtwind an seinen Rücken lehnen und sich festhalten würde. In seinen Tagträumen roch er den Duft ihrer Haare, den der Wind hinter ihnen her trug.

Am Abend, wenn seine Eltern zurückkamen, sah er zu, wie Vater mit Schwung über die Auffahrt zum Schuppen fuhr, den Motor noch einmal aufheulen ließ, bevor er ihn abstellte, und die Maschine in einem Ruck aufbockte.

Jetzt aber verstaubte die Vespa in ihrem Verschlag und Mama flehte Onkel Anton an, er solle Vater gut zureden. Er braucht eine Beschäftigung, sagte sie.

Paul verstand, dass sie damit nicht die Arbeit meinte, von der er Geld nach Hause bringen würde. Davon hatte sie längst aufgehört zu reden. Sie hatte sich bald nach Vaters Rückkehr selbst nach einer Arbeit umgesehen. In einem Hotel am anderen Ende der Stadt putzte sie die Zimmer, die Küche und die Aborte, und wenn sie heimkam, setzte sie sich zu Vater und erzählte ihm, wie viel Geld sie verdient hatte.

Auch von Onkel Anton ließ sich Vater nicht aus der Wohnung locken. Er verschanzte sich hinter dem Küchentisch und sagte nein, wenn Onkel Anton ihn bat, ihm bei der Reparatur seines Wagens zu helfen. Er winkte ab, wenn man ihm den Vorschlag machte, gemeinsam das Brennholz für den Winter zu stapeln, und wenn er früh genug bemerkte, dass Onkel Anton auf das Haus zukam, stand er auf und machte sich davon.

Der schon wieder, sagte er und ging ins Schlafzimmer, wo er blieb, bis Mama ihn zum Abendessen holte.

Paul konnte nicht verstehen, dass jemanden ein Jahr Gefängnis so müde machen konnte. Je länger Vater hier war, desto kraftloser wurde er. Bald verbrachte er die längste Zeit des Tages im Schlafzimmer. Er war noch im Bett, wenn er und Maria zur Schule gingen, und nach dem Mittagessen musste er sich schon wieder hinlegen. Es konnte nicht mehr lange dauern, dann würde er auch zum Essen nicht mehr aufstehen.

Es sind die Nerven, sagte Mama, wenn sie sie fragend ansahen, und einmal, als sie wieder unverrichteter Dinge aus dem Schlafzimmer zurückkam, drückte sie Paul an sich, an ihre Tränentuchschürze, und sagte, dass er ihr auch keine große Hilfe sei. Vielleicht wollte sie, dass er zu seinem Vater ging und mit ihm redete, und Paul begann zu überlegen, was er ihm sagen könnte. Aber dann hörten sie, wie Vater langsam die Tür aufmachte und in den Flur trat.

Wenn er mit Herbert abends durch die Stadt ging, schauten sie durch das Fenster in die Roxy-Bar, um zu sehen, ob Maria sich noch einmal von einem Soldaten den Arm um die Schulter legen ließ. Aber weder sie noch Salvatore ließen sich hier blicken. Vielleicht hatte sie die Drohung ihres Vaters wirklich ernst genommen und ihn zum Teufel geschickt.

Und du, fragte Herbert.

Was ich, sagte Paul.

Herbert wollte wissen, wie es mit ihm und Kaki stand. Ob sie sich schon richtig geküsst hätten.

Blödsinn, sagte Paul.

Drinnen in der Bar warf jemand eine Münze in die Jukebox und die Musik krachte los. Paul dachte an Herberts Schwester und daran, wie deutlich man von außen sehen konnte, wie sich die Wangen vom Geschlinge der Zungen blähten, wenn sie mit Enrico schmuste. Es hatte ausgesehen, als würden beide an einem einzigen großen Bissen kauen, den sie nicht hinunterschlucken konnten. Und er stellte sich vor, dass es Stella irgendwann auch ausprobieren wollte. Vielleicht war es ihr bisher nur nicht eingefallen.

Wenn euch dein Alter erwischt, sagte Herbert, dann möchte ich nicht in deiner Haut stecken.

Salvatore kam von hinten und er war allein. Sie bemerkten ihn erst, als er Paul auf die Schulter tippte. Seine Uniform roch nach Schweiß und Naphthalin. Er wollte wissen, ob *Märri* verreist sei.

Wer, sagte Paul.

Märri. Deine große Schwester, so heißt sie doch.

Paul hob die Achseln und Herbert machte es ihm nach.

Aber das müsse er doch wissen, sagte der Soldat, wo er doch ihr Bruder sei.

Sie ist abgehauen, sagte Herbert, nach Nebjork.

Der Soldat trat einen Schritt zurück und sah sie ungläubig an.

Nebjork, wiederholte Herbert, ganz genau. Mit dem Flieger nach Amerika.

Er zeigte mit dem Arm über die Fassade der Roxy-Bar hinaus, dahin, wo gerade die Sonne untergegangen war und wo irgendwo Amerika lag.

Der Soldat schüttelte verärgert den Kopf. Er sagte, sie sollen mit ihm keine Scherze treiben.

Das ist wirklich kein Scherz, sagte Herbert und legte drei Finger auf seine Brust, ich schwöre.

Dann liefen sie bis zur nächsten Ecke und als sie in sicherer Entfernung waren, prusteten sie beide gleichzeitig los.

35.

Warum, hämmere ich auf Erika ein, warum. Ich kann nicht aufhören in seinem Leben zu wühlen, in Alex' doppeltem Leben, ich muss Erika fragen und sie mich, und niemand hat eine Antwort. Wir tragen die Zeitungen mit all den Mutmaßungen zum Müll, die Zeitungen, in denen über das fehlgeschlagene Attentat, wie sie es nennen, berichtet wird. Das Einzige, was ich darin wiedererkenne, sind ein Name und ein Foto, von dem ich mich frage, wo sie es herhaben.

Hör endlich auf damit, sagt Erika, du hast ein eigenes Leben. Eine Zukunft, die vor dir liegt.

Ich habe noch nicht einmal geweint, sage ich, nicht beim Begräbnis, nicht nachher.

Am Abend, bevor es geschah, war er noch da gewesen, hatte mir seine Wäsche gebracht, sich in die Küche gesetzt und gewartet, bis ich alles eingeweicht hatte im Bad, seine Arbeitshemden, seine Socken. Ich hatte es eilig, musste zum Nachtdienst ins Krankenhaus, rief Alex vom Gang aus zu, er solle doch bleiben. Hier bleiben, sich etwas zum Essen nehmen aus der Speisekammer, sich in sein Bett legen bis zum nächsten Morgen, bis ich zurückkäme. Ich nahm meinen Mantel, zog die Schuhe an und hörte ihn kämpfen, seinen Befreiungskampf, seinen Silbenbefreiungskampf. Hörte ihn nach Luft reißen, nach Atem für seine Wörter, aber ich hatte keine Zeit.

Keine Zeit für ihn und keinen Blick. Aber was hätte ich auch sehen sollen? Ich war schon an der

Tür, irgendwo wartete man auf mich, irgendwo, wo die Sekunden gezählt wurden, die man zu spät kam, irgendwo, wo man mir sagte, wo's fehlt, wo's wehtut, wo der Wundverband anzulegen ist. Irgendwo wartete man auf mich, wo ich anpacken konnte, damit die Heilung voranschritt.

Nachher, rief ich Alex zu, von der Tür aus, nachher. Aber es gab kein Nachher. Nur Wörter, halbe Sätze, die irgendwo stecken geblieben sind zwischen mir und ihm, die mich in den Schlaf verfolgen, in den Traum. Und ein Morgen, der sich dreht in schwindliger Bewegung.

Du musst den Knall doch gehört haben, sagt Erika, das dumpfe Donnern, so weit ist es nicht vom Bahnhof bis zum Krankenhaus.

Nein, sage ich. Wie sie die Stiegen heraufstürmten, kaum dass ich zu Hause war, die schweren Absätze, das Hecheln der Hunde, ein metallisches Klappern, das habe ich gehört.

Von den Maschinengewehren, will Erika wissen.

Durcheinander, sage ich, ein einziges Durcheinander, und spüre immer noch die Drehbewegung, die den Fußboden weich werden lässt, als wäre er Moos. Sehe die Schuhe kullern, die weißen Lackschuhe hinunter über die Stiegen. Und mich dann am Türrahmen festhalten, einen Arm suchen, der mich stützt.

Als die Polizisten weg waren, war das Einzige, was mir einfiel, schnell aufzuräumen. Die herausgerissene Wäsche in den Schrank zu stapeln, das Bett in Ordnung zu bringen, die Schubladen zu schließen. Als könnte ich alles rückgängig machen, ungeschehen.

Was haben sie dir gesagt, fragt Erika.

Wenn ich es nur wüsste. Bis ich verstanden hatte, dass sie nicht nach Alex suchten, waren sie schon wieder auf und davon. Nein, sage ich, doch, einer war da, der mich an den Türrahmen drängte, dort am Eingang, einer, der Alex' Namen nannte und dass etwas passiert sei.

Etwas passiert, wiederholt Erika.

Vielleicht auch anders, sage ich. Das Durcheinander, verstehst du, in der Wohnung, in meinem Kopf. Vielleicht hat er es so gesagt. Aber ich habe ihm nicht geglaubt, das ging nicht zusammen, die Vorstellung, dass Alex tot ist und dass sie gleichzeitig nach ihm suchen. Sie suchten ja nach ihm, dazu waren sie hier mit ihren Hunden und ihren Maschinengewehren. Erst nachher, als alles aufgeräumt war und Platz für Gedanken, fing ich an.

Zu begreifen, sagt Erika.

Zu begreifen, ja. Nein, zu erahnen.

Du hättest zu mir kommen sollen, sagt Erika.

Ihre Hände gehen auf die Suche nach Wollfusseln, über ihren Bauch hinab, über die Wölbung des Zopfmusters, und wenn sie bei sich keine mehr findet, arbeitet sie sich über den Tisch auf meinen Ärmel vor.

Später haben sie mich dann in die Kaserne geholt, sage ich, und mir tausend Fragen gestellt über jemand, den sie Alessandro nannten, den ich nicht kannte. Und ich wusste nichts anderes als zurückzufragen, wie ich es hätte verhindern können.

Hör endlich auf damit, dich zu quälen, sagt Erika.

Tausend Fragen, sage ich, und fast war ich froh, dass man mich umringte, mich in die Mangel nahm, mich nicht allein ließ.

Du bildest dir etwas ein, sagt Erika, du hast keine Schuld an dem, was passiert ist.

Ich werde dir sein Halskettchen geben, sage ich, das Kettchen, das er nie ablegte. Sie haben es mir gezeigt und gefragt, ob es seines ist.

Und jemand redet von einer Zukunft, die einem gehören würde, und jemand hört nicht auf, von der Vergangenheit zu reden, bis mein Ärmel sich aufzulösen beginnt unter Erikas emsigen Händen und der Nachmittag auch.

36.

Noch haben sie es nicht gesagt: Du hättest auf ihn aufpassen müssen, du bist doch seine Schwester. Meine Eltern stehen neben mir und sehen zu, wie Alex entschwindet, endgültig. Der Sarg, den ich ausgesucht habe für ihn, poltert in die Tiefe, mein Vater wirft eine Schaufel Erde nach und dreht sich um, sucht mit seinen Augen den Ausgang.

Und Mama wartet darauf, dass ihr jemand die Beileidshand reicht, sein Mitgefühl ausspricht, aber niemand ist da. Wir hätten ihn zu Hause begraben sollen, sagt sie nachher, auf dem Dorffriedhof, wir hätten ihn mitnehmen sollen. Sie sucht ihr Taschentuch, das sie daheim in der Schublade verwahrt hielt für solche Anlässe, sucht einen Arm, der sie hinausführt aus diesem schrecklichen Ort.

Kommen Sie, sagt Erika, nimmt ihre Hand und zieht sie fort. Sie gehen durch die Arkaden und dann durch den Mittelgang, passen ihre Schritte einander an, vertraut wie Mutter und Tochter. Sie reden einander zu, Trostworte, Seelenbalsam, sie werden draußen vor dem Tor warten, bis ich fertig bin.

Ich muss noch bleiben, zusehen, wie die Erde sich auftürmt über Alex, eine Erde voller Steine, wie der Karren weggestellt wird, die Schaufeln geputzt. Die Arbeiter schultern ihre Geräte, werfen mir Blicke zu, gehen von dannen, pfeifend. Ich rücke die Blumen zurecht, die Schleifen der Kränze, hole Wasser und weiß nicht wohin damit. Trauersucht, wird es heißen.

Wir begleiten die Eltern zur Bushaltestelle, Vater will Geld dalassen für Blumenschmuck, für Kerzen oder was es sonst noch braucht. Er sucht zwei Scheine heraus und fragt, ob das genug sei.

Nein, sage ich, jetzt nicht mehr.

Diesmal kommt er uns nicht aus, hat sich Erika geschworen, diesmal nicht. Wir nehmen ihren Vater in die Mitte, treiben ihn auf die Küchenbank zwischen uns. Er soll nicht wieder fortkommen, bevor er nicht alles gesagt hat, nicht alles gestanden.

Lassen wir das, weicht er aus, es ist besser, niemand weiß etwas von der Sache. Besser für dich und für das Fräulein auch. Seine Finger trommeln auf der Tischplatte, er muss sich noch eine Zigarette drehen, das dünne Papier, das zwischen den Fingern zittert, die Tabakkrümel auf der Tischplatte. Erika rückt näher an ihn heran, gibt ihm Feuer, gießt sein Glas voll, eine sanfte Belagerung.

Er aber will nichts wissen, schweift aus, redet von den Gefängnissen, in denen so viele eingesperrt sind seit Jahren. Unsere Kameraden, sagt er, die besten von uns. Er nennt sie Partisanen, zählt Namen auf und Haftjahre, und alle heißt er unschuldig.

Und Alex, unterbricht ihn Erika, was habt ihr mit Alex gemacht.

Jemand musste es tun, sagt er, das Volk wachrütteln, ein Zeichen setzen. Oder hätten wir zusehen sollen, wie sie uns auslöschen.

Wieso Alex, wiederhole ich. Ich will wissen, was ein halbes Kind zu schaffen hatte im Untergrundkampf, mein stotternder Junge, mein unschuldiger Bruder. Er hat doch nichts gewusst von diesen Dingen, er hatte doch keine Ahnung.

Ich schaue Kammerer an, der still in sich hineinlacht und sich zurücklehnt, die Augen nach oben dreht. Er zieht schmunzelnd an seiner Zigarette und dreht sich zu mir in einer plötzlichen Bewegung.

Keine Ahnung, wiederholt er meine Worte, wird laut und kann plötzlich das Lachen nicht mehr für sich behalten. Keiner hatte mehr Ahnung als er. Wer hat denn die Zeitzünder gebastelt, die Sprengwirkung berechnet, wer war denn der Glühendste von allen?

Nein, sage ich, nein.

Mein liebes Fräulein, sagt Kammerer, er legt mir die Hand auf den Arm, beschwichtigend, wie um mich zum Schweigen zu bringen. Davon versteht ihr nichts. Von der Liebe zum Volk, vom Opfergang, und schon gar nichts davon, wie einer zum Mann wird, ein armer Teufel, ein Stotterer wie Alex.

Draußen fällt das Sonnenlicht über den Garten her, wirft schon Schatten ins Zimmer herein, Erika will noch Blumen pflanzen in frischen Beeten, Samen in die Erde graben für später. Friedhofsdahlien, Grablilien, die Blumen aus den Gärtnereien sind ungeeignet für ihre Stotterliebe, viel zu protzig und plump, vielleicht ist es das, was sie so ungeduldig macht.

Du brauchst uns nichts vorzumachen, schreit sie ihren Vater an, hör auf mit deinen Phrasen. Du warst es doch, der Alex' Naivität ausgenutzt hat, du hast dich seiner angenommen, ihn bearbeitet, ihm zugesetzt. Ich hör dich doch, wie du ihm vorgesagt hast, was er nachplappern sollte, deine Kriegsparolen, deine Kampfsprüche. Unser schönes, geknechtetes Land, höhnt Erika mit Vaters Stimme. Und ich habe geglaubt, es sei aus reiner Freundlichkeit.

Erika bohrt ihren Blick in seinen und ab jetzt ist der Vater kein Vater mehr, sondern der, der ihren Liebsten ins Unglück geschickt hat, in den Tod. Ab jetzt will sie nichts mehr hören von seinen Erklärungen, von eingesperrten Kameraden, von solchen, die Pläne verraten hätten unter der Folter, nichts von bezahlten Agenten, die sich eingeschlichen hätten, nichts von manipulierten Zündern und dummen Zufällen. Sie drückt die Hände auf ihre Ohren, wenn Kammerer widerspricht, wenn er sich über sie beugt und schwört. Sie schüttelt den Kopf und duldet keine Berichtigungen, keine Ausflüchte.

Vielleicht kann ich sie beruhigen, aber sie schlägt meine Arme weg, will keinen Trost finden, keinen Frieden.

Später weint sie an meiner Schulter und kann nicht mehr im Vaterhaus bleiben, keinen Tag länger.

37.

Der Tag, als Pauls Vater aus dem Haus ging, war einer der ersten lauen Tage des neuen Jahres. Es war noch Winter, aber der Schnee schmolz dahin und die Straßen waren übersät von Pfützen, in denen sich der Himmel spiegelte.

Mama hatte sich für den Weg zur Arbeit die hohen Stiefel angezogen, Maria lag in ihrem gemeinsamen Zimmer, das Ohr am Lautsprecher des Plattenspielers, und als das Telefon klingelte, war Paul als Erster dran. Jemand verlangte nach seinem Vater.

Als er Vater sagte, dass Telefon für ihn sei, setzte sich dieser in seinem Bett auf und wollte wissen, wer es sei.

Er hat seinen Namen nicht genannt, sagte Paul.

Für einen Augenblick schien es, als wäre Vater überrascht, dass jemand nach ihm verlange. Er kniff die Augen zusammen wie einer, der nachdenkt, aber dann legte er sich gleich wieder zurück und murmelte, dass man ihn endlich in Frieden lassen soll. Er zog die Decke bis an sein Kinn und als Paul wiederholte, dass doch jemand mit ihm reden wolle, tat er so, als sei er schon wieder eingeschlafen.

Bitte, Papa, sagte Paul, du musst doch endlich aufstehen.

Es war ihm herausgerutscht und er wartete darauf, dass sein Vater ihn anschrie wie früher manchmal und aus dem Zimmer jagte. Aber nichts dergleichen geschah. Er drehte sich nur stöhnend zur Seite und als Paul leise näher trat, hatte er den Eindruck, dass sein Vater wirklich wieder beim Einschlafen sei. Er atmete gleichmäßig, das Gesicht tief ins Kissen gedrückt, und seine Bartstoppeln stachen dunkel vom weißen Leinenzeug ab.

Dem Mann am Telefon sagte Paul, dass sein Vater nicht da sei und er es später probieren solle, vielleicht in einer Stunde oder zwei. Aber als er sich nachher im Flur die Schuhe anzog, hatte er das Gefühl, dass jemand im Schlafzimmer herumging. Es klang so, als wäre Vater an die Tür des Zimmers getreten und würde lauschen, was draußen vor sich ging.

Herbert fragte ihn, ob er ihm fünfzig Lire leihen könne. Er müsse am Bahnhofskiosk noch unbedingt zwei Tütchen mit Fußballerbildchen für sein Album kaufen. Nur bis morgen, sagte Herbert.

Sie wichen den Pfützen und Rinnsalen aus und stiegen die Stufen zum Bahnhof hinauf. Auf dem Treppenabsatz fiel ihm Kaki ein. Er hatte versprochen, sie am Nachmittag zu treffen, aber dann war Herbert gekommen, um mit ihm in die Stadt zu gehen, und er hatte sie vergessen.

Wahrscheinlich wartete sie hinter den Umkleidekabinen des Fußballplatzes auf ihn, bis es dunkel wurde. Und morgen nach der Schule würde sie geduldig am Ausgang stehen, bis er auftauchte, und ihn fragen, wo er am Tag zuvor geblieben sei. Er könnte dann sagen, dass er plötzlich Fieber bekommen hätte, und sie würde schweigend neben ihm hertrotten bis zur Kreuzung, wo sie zu ihrem Elternhaus abbiegen musste.

Stella war ein eigenartiges Mädchen. Paul konnte ihr erzählen, was er wollte, sie glaubte alles. Und sie sagte stets zu allem, was er vorschlug, ja, egal was es war. Wenn er gesagt hätte, sie solle mit ihm zusammen abhauen, nach Mailand oder egal wohin, hätte sie es bestimmt getan, ohne lange zu fragen. Vielleicht ist das die richtige Liebe, dachte Paul.

Herbert riss beide Tütchen mit einer Handbewegung auf. Er zog die *figurine* heraus und hielt sie Paul unter die Augen.

Real Madrid, sagt Herbert, muss das sein.

Ihm fehlten nur noch zwei Spieler von Lanerossi Vicenza und die goldene Abbildung des Pokals der Pokalsieger, dann wäre das Album voll gewesen. Bilder, die er doppelt hatte, schenkte er Paul und dieser versteckte sie in seiner Schultasche, damit sie seine Eltern nicht zu Gesicht bekamen.

Und dann war plötzlich sein Vater da. Er ging draußen über den Bahnhofsplatz, in Begleitung von zwei Männern. Beinahe hätte ihn Paul nicht erkannt, aber dann drehte sich sein Vater zu dem, der links neben ihm ging und auf ihn einredete, und Paul sah sein Gesicht.

Sein Vater, der keinen Schritt vor die Haustür gesetzt hatte, seit er aus dem Gefängnis zurück war, und plötzlich spazierte er mitten durch die Stadt, als wäre nie etwas anderes gewesen. Er trug seinen Sonntagsanzug und den schwarzen Hut, den Mama ihm zu Weihnachten geschenkt hatte. Manchmal blieb er stehen und die beiden Männer stellten sich vor ihm auf und gestikulierten. Vielleicht gehörte einem der beiden die Stimme, die am Nachmittag angerufen hatte.

Herbert hatte gemerkt, dass ihm Paul nicht mehr zuhörte, und war seinen Blicken gefolgt.

Dein Alter, sagte er, komisch.

Jetzt gingen sie unter dem Treppenaufgang vorbei, Pauls Vater machte einen langen Schritt, um über eine der Pfützen zu steigen. Das Wasser glänzte im Licht der Straßenlampen und spiegelte die Figur des Vaters für einen kurzen Augenblick. Dann verschwanden er und mit ihm die beiden Männer aus Pauls Blickfeld.

Paul zog Herbert am Ärmel, aber als sie aus der Halle traten, war keine Spur mehr von Vater und seinen Begleitern zu entdecken.

38.

Ich habe die Friedhofserde bis hierher getragen, ans andere Ende der Stadt. Ich trage sie an meinen Schuhen in mein Viertel, in die Wohnung, auf den Hinterhof, wo die Abfalltonnen überquellen. Wie soll ich es sonst erklären?

Das Haus schlief noch am Sonntagmorgen, alle Fenster dunkel, und auch ich wollte mich nachher noch einmal ins Bett legen, den Tag herankommen lassen. Ich hatte den Wecker gestellt, nur um den Hund hinauszubringen, der schon um fünf an der Tür kratzte, winselnd.

Und Laika, die an der Leine zerrte mit aller Kraft, mich die Hauswand entlangzog, bis ich sie freiließ. Sie rannte davon, ums Gebäude herum, auf die Hofseite, wo Mischmaschinen standen und Ziegelstöße für die Neubauten. Alte Kleider, dachte ich zuerst, ein Bündel Lumpen, achtlos neben die Mülltonne geschmissen. Aber Laika hörte nicht auf zu bellen und knurrend das Bündel zu umkreisen, bis ich näher ging und stockte. Dann öffneten sich auch schon die ersten Fenster im Erdgeschoss und eine Frauenstimme schrie.

Ich starre auf den Körper, der da liegt, verdreht, mit verrenkten Gliedmaßen. So liegt niemand, der sich zum Schlafen hingelegt. Wer so liegt, steht nicht mehr auf. Ich trage die Leine in der Hand und der Hund bellt. Das Schreien über mir verstummt plötzlich, dann sind Schritte da, hinter mir, es ist, als dränge mich jemand zur Seite. Dahin, wo die Hausmauer beginnt, ich spüre den groben Mörtel an meinen Handflächen, die Steinchen, die sich in meine Haut graben.

Später erzähle ich es Erika, die mit ihren Koffern kommt, um Alex' Zimmer in Besitz zu nehmen und zu bleiben. Wir tragen ihre Sachen über die Stiegen und sie weiß schon alles. Sie muss mich nicht fragen, wer das gewesen sei im Hinterhof, das Gesicht auf der Erde.
Ich sage, dass es den Anschein gehabt hätte, als sei er aus einem der Fenster gestürzt. Oder vom Dach, sagt Erika, vom Flachdach, das für jeden über die Leiter im letzten Stock zugänglich ist. Ich musste Laika an die Leine nehmen, wegzerren, erzähle ich, sonst hätte das Bellen nie mehr aufgehört, und Erika legt ihren Koffer auf Alex' Bett, auf Alex' Laken, von dem ich mir einbilde, dass es immer noch nach ihm riecht.

Nein, sage ich.
Doch, sagt Erika, ein Bekannter meines Vaters. Einer seiner Kameraden, der früher manchmal vorbeikam. Einer, bei dessen Namen ihr Vater heute ausspuckt, den er nur noch Verräter heißt. Blaue Augen, sagt sie, große blaue Augen.
Ich habe sein Gesicht nicht gesehen, mich nicht weiter gekümmert, bin weggelaufen mit dem Hund, der sich nicht beruhigen konnte. Im Nu war das halbe Viertel auf dem Hinterhof gewesen in Morgenmänteln und Pyjamas.

Aber frag mich nicht, sagt Erika, und während ich ihren Koffer zur Seite schiebe, fällt mir der Pappkarton ein, mit dem Alex seine Habseligkeiten von hier forttrug. Es war auch ein Sonntag gewesen, ein blauer Sonntag.

Ich biete Erika an, ihr beim Einräumen zu helfen, sie lässt den Koffer aufklappen und zeigt ihre Sachen her, die kurzen Röcke, die Seidenblusen, die Schuhe mit spitzem Absatz. Es sind keine Strampelhöschen dabei, keine Hemdchen und Windeln für ein Kind, das ich mir gewünscht hätte. Trotzdem werde ich nachher mein Strickzeug zurechtlegen, ich werde einen von Alex' Pullovern auftrennen und ein Jäckchen stricken, ein gepanzertes Hemd.

Am Nachmittag gehen wir spazieren, Erika und ich und Laika, die bellend ihre Kreise zieht. Wir folgen der Ausfallstraße und irgendwann sind wir in den Feldern, unter den Apfelbäumen. Erika läuft mir davon, dann dreht sie sich um und deutet mir schneller zu gehen, sie keucht auf den Hügel und will nie mehr zurück in die Stadtmitte, in das Haus ihres Vaters.
 Du kannst bei mir bleiben, sage ich, so lang du willst.
 Aus der Ferne sieht man die Wohnblocks, die ihr Zuhause sein werden, die grauen Betonfassaden, die blinkenden Fensterreihen. Ihre Kinder sollen hier aufwachsen und sprechen lernen, im italienischen Viertel, im Feindesland, ihrem Vater zum Trotz.

Das ärgert ihn am meisten, dass seine Tochter nach *Harlem* geht, wo der Feind zu Hause ist. Er hat gedroht und gebettelt zuletzt, aber Erika ist hart geblieben. Sie hat ein Taxi kommen lassen, während er in der Sonntagsmesse saß, und mit dem Vater abgeschlossen für immer.

Unsere Nachbarin weiß alles. Sie steht in der geöffneten Tür und will uns nicht gehen lassen, bevor sie nicht alles gesagt hat. Sie weiß, dass Laika und ich auf den Toten gestoßen sind, sie weiß, dass es einer aus dem Viertel war, sie weiß, dass er gesprungen ist und nicht gefallen. *Suicida*, sagt sie, ein Selbstmörder. Die *Carabinieri* waren da und haben nach Ihnen gesucht wegen der Aussage.

Sie zeigt auf mich und hört nicht auf zu reden. Erika aber will weitergehen, sie zieht an Laikas Leine, zieht den Hund über die Treppe nach oben. *'Sti poveri bambini,* sagt die Nachbarin, die armen Kinder, und schlägt die Hände vor der Brust zusammen.

Erika ist schon oben auf dem Treppenabsatz, sie schlägt die Tür zu unserer Wohnung zu und ich komme nicht mehr dazu, ihr nachzurufen, dass sie ihre Schuhe am Fußabstreifer reinigen soll. Auch sie trägt Friedhofserde mit sich herum, sie trägt sie in unsere Wohnung, in unser Viertel, ans falsche Ende der Stadt.

39.

Mama war halb verrückt vor Unruhe. Sie hatte Vater überall gesucht, aber er war weder im Schuppen noch sonst irgendwo in der Umgebung. Als Paul durch die Tür trat, stürzte sie ihm entgegen und wollte wissen, ob er etwas von Vater wisse. Er erzählte ihr von dem Anruf und dass er Vater in der Stadt gesehen hätte.

Aber das beruhigte Mama nicht. Sie lief durch die Zimmer der Wohnung und von einem Fenster zum anderen.

Ich bin doch nur drei Stunden weg gewesen, sagte sie, er hätte doch auf mich warten können.

Sie zog ihre Schuhe an, um nochmals wegzugehen, aber dann blieb sie doch und suchte in der Schürze nach einem Taschentuch.

Onkel Anton lief ihr nach in den Flur und legte seinen Arm um ihre Schultern. Er sagte ihr, sie solle doch froh sein, dass Vater endlich eingesehen habe, dass es so nicht weitergehen könne. Er schob seine Hand auf Mamas Nacken und schüttelte ihren Kopf, dass die Locken hüpften.

Aber Mama war nicht froh. Sie wiederholte, dass das alles nicht normal sei, und erst, als auch Maria und Paul Onkel Anton Recht gaben, setzte sie sich zu ihnen an den Tisch und schob ihr Taschentuch zurück in die Schürze.

Ab jetzt geht es nur noch aufwärts, sagte Onkel Anton. Er nickte dazu mit seinem ganzen Oberkörper und sie beschlossen, nicht mehr länger mit dem

Abendessen zu warten. Mama jedoch konnte nicht aufhören an Paul vorbei aus dem Fenster zu spähen.

Draußen war es längst dunkel, eine finstere, sternlose Nacht, und irgendwo in dieser Dunkelheit ging sein Vater. Vielleicht spielt er Karten mit seinen Arbeitskollegen, dachte Paul, oder er redet mit dem Tischlereibesitzer, und morgen wird er wieder zur Arbeit gehen und abends heimkommen mit dem Geruch nach Leim und frischem Holz.

Es wird bestimmt spät, sagte Onkel Anton, jetzt wo er die Freiheit gerochen hat.

Als Paul am Morgen aus seinem Schlafzimmer kam, saß Mama im Flur auf dem Boden. Sie saß da, den Telefonhörer in der Hand, und schaute in die Küche, deren Tür weit offen stand. Sie starrte auf das Spülbecken, wo das Wasser aus dem Hahn schoss und in kleinen Schüben über den Beckenrand schwappte. Es plätscherte in breiten Rinnsalen auf den Fußboden, wo es sich langsam vorwärts schob, und Mama rührte sich nicht.

Mama, sagte Paul, aber sie sah durch ihn hindurch, als wäre er nicht da.

Sie bemerkte ihn erst, als er den Hahn zudrehte und ein Handtuch aus der Schublade nahm, um den Boden aufzutrocknen.

Lass nur, sagte sie tonlos und zog sich an der Kommode hoch.

Dann verschwand sie in ihrem Schlafzimmer und Paul wischte das Wasser auf, bevor es über die Schwelle in den Flur rinnen konnte.

Dann hörte er Onkel Antons Auto vor der Tür. Er kam herein und legte gleich seine Hand auf Pauls Schulter und meinte, dass sie für Vater beten sollten. Er ist jetzt bei den Engeln, sagte er, wo er einen schönen Platz hat und sich ausruhen kann von allem.

Und auch Mama hörte nicht auf, von Engeln zu reden und davon, dass ihr schwarzes Kostüm nicht gebügelt sei, bis Onkel Anton Tropfen in ein Glas Wasser schüttete und sagte, dass sie das jetzt trinken müsse und sich hinlegen.

Vater war ein Unglück zugestoßen. Maria behauptete, dass er irgendwo heruntergefallen sei und sich das Genick gebrochen habe, aber Paul glaubte ihr nicht. Er konnte sich nicht vorstellen, dass Vater nie mehr in der Küche sitzen würde und ihm auf die Finger schaute, wie er sein Brot strich. Schließlich war er gerade doch noch hier gewesen, und dann war er über eine Pfütze am Bahnhofsplatz gesprungen, mit einem großen, eleganten Satz.

Paul trat aus dem Haus und ging zum Verschlag auf der Rückseite des Gebäudes, aber auch dort war keine Spur von seinem Vater zu entdecken. Nur seine Vespa stand da wie immer, er schien sie nicht angerührt zu haben.

Als Paul das Gatter wieder schließen wollte, hörte er ein Rascheln, das unter der Plastikplane hervorkam, mit der das Fahrzeug abgedeckt war. Es war ein Geräusch, als würde jemand über Metall kratzen, und dann sah er, wie sich die Plane bewegte.

Es war nur ein kleines Rucken, genau da, wo sie sich über die Sitzbank der Vespa spannte.

Eine Ratte, schoss ihm durch den Kopf, und er dachte an ihre spitzen Zähne und daran, dass das Tier dabei war, das Leder der Sitzbank anzunagen. Er schaute noch einmal hin, wieder das Rucken, und dann war die Schaufel, die an der Wand des Schuppens lehnte, schon in seinen Händen, und mit dem ersten Hieb traf er die Stelle, unter der sich die Ratte bewegt hatte.

Er holte noch einmal aus mit ganzer Kraft und schlug drauflos. Nichts sollte sich mehr rühren unter der Plane, nichts sollte mehr quieken, nie mehr. Er hieb auf die Vespa ein, auf die Plane, bis seine Arme erlahmten, bis die Schaufel zu Boden fiel und er am ganzen Körper spürte, dass sein Vater nicht tot sein konnte, nicht wirklich tot.

40.

Die Männer im Bahnhofspark erkennen mich von weitem. Sie stecken ihre Weinflaschen in die Rucksäcke und rücken auf den Bänken zusammen, damit eine Ecke für mich frei wird. Für mich, Laika und das Büschel weißer Lilien in meinem Arm. Aber meistens habe ich keine Zeit, mich zu setzen und zu bleiben.

Ich steige die Stufen hinauf, lege die frischen Blumen an den Sockel des Denkmals und die verwelkten nehme ich mit. Die Polizisten, die hier ihre Runden drehen, salutieren manchmal, wenn ich an ihnen vorbeikomme. Vielleicht denken sie, die Blumengabe gilt dem eisernen Helden, der sich oben auf seinem Podest verrenkt, einem von ihnen. Sie bleiben stehen, legen ihre Hand an die Kappe und lächeln mir zu.

Erika amüsiert sich, wenn ich ihr das erzähle. Bring mich nicht zum Lachen, sagt sie, das schmerzt noch mehr. Sie legt die Hand auf den Bauch, auf ihr schmales Becken, aus dem sie ihren Blinddarm herausgeschnitten haben, und verzieht das Gesicht.

Ich solle doch eine Vase mitnehmen, meint sie, dann würden die Blumen länger halten und ich müsste nicht jeden zweiten Tag in den Park laufen. Du bist ja verrückt, sagt sie, einen Tag auf dem Friedhof und am nächsten im Bahnhofspark. Sie will nicht verstehen, dass dies meine Rettung ist, mein einziger Halt.

Ich stelle ihr Bett höher, schiebe ein zweites Kissen in ihren Rücken, damit sie weniger Schmerzen hat. Sie nestelt an den Knöpfen ihres Nachthemdes, und dann zeigt sie mir ihre Wunde, den weißen Druckverband. Sie erzählt von den anzüglichen Witzen der Ärzte, von ihren Narkoseträumen, sie weiß nicht, dass sie in meinen Träumen auf der falschen Station liegt, auf der medizinischen, wo sie doch in die Geburtenabteilung gehört. Vielleicht ist es besser, ich sage ihr nichts davon.

Auf dem Weg zur Chirurgie habe ich einen Blick ins Säuglingszimmer geworfen, wo die Kleinen aufgereiht wie Puppen im Schaufenster liegen, und mich dabei ertappt, wie ich nach einem Gesichtchen Ausschau gehalten habe, das mir bekannt vorkommt. Die Säuglingsschwester hat mir zugewinkt und gefragt, was ich hier zu suchen habe.

Manchmal, wenn ich abends im Bett liege, taucht ein Stotterkind auf, das Alex heißt. Es stolpert durch den Park am Bahnhof, steigt in die Fußstapfen, die ich im Schlamm hinterlassen habe oder im Schnee. Ich habe Angst, dass es hinfallen könnte, aber plötzlich ist das Kind keines mehr, so als ob es mit jedem seiner Schritte gewachsen wäre, herangewachsen vom Kind zum Mann. Dann sehe ich das Paket vor der Männerbrust, Alex trägt es mit beiden Händen, so wie er seinen Koffer getragen hat vor vielen Monaten. Er bückt sich unter die Äste der Bäume und am Sockel des Denkmals legt er sein Paket ab und geht davon. Er geht davon, schlenkert mit den Armen, schlendert über den Bahnhofsplatz und dann hinauf in die Halle. Ich sehe den Zug über das Bahngleis rollen, hinaus aus der Stadt, und Alex sitzt in der Ecke eines Waggons auf braunen Bänken. Vom Grollen der Explosion ist hier nichts mehr zu hören.

Und weit weg in einer fremden Stadt setzt jemand seinen Fuß auf den Bahnsteig, kommt die Treppe herunter in einen Ort, in dem es nach Frühling duftet, nach sonnigen Tagen. Ein Mann, ein unbeschwertes Kind, das durch die Ankunftshalle streunt, hierhin, dorthin, und ich sehe ihm nach, bis es verschwindet in der Menschenmenge, die in die Straßen der Stadt strömt. Ich sehe ihm nach und bin glücklich.

Erika will wissen, was ich denke, sie nimmt meine Hand und legt sie in die ihre. Ich nehme mir vor, ihr nichts zu sagen, nichts von dem Kind zu erzählen und von meinen Phantasien, in denen jemand heil davonkommt.

Na, sag schon, sagt Erika, aber dann sieht sie mich an, sieht mich kämpfen, meinen Tränenbefreiungskampf, und dann flüstert sie, dass das alles zu viel gewesen sei für mich. Alles zu viel in den letzten Monaten, ich solle mich ausruhen, gleich geht es besser, sagt sie, sie rückt stöhnend zur Seite, streicht noch das Laken glatt und drückt mich hinunter ins Kissen, in ihren Arm.

41.

Es tue ihm Leid, sagte Paul, aber jetzt könne er wirklich nicht mehr mitkommen nach Amerika.

Herbert machte große Augen und nickte. Zusammen mit Kaki standen sie vor dem eisernen Tor und beobachteten die Leute, die aus dem Friedhof herausströmten.

Ich muss jetzt ein bisschen auf meine Mutter aufpassen, sagte Paul, das verstehst du doch.

Klar, sagte Herbert, damit sie nicht den gleichen Blödsinn macht wie dein Vater.

Sie wollten warten, bis Mama und Maria den Friedhof verließen, aber das dauerte endlos lange. Durch das Gitter hindurch sah Paul, dass beide am Grab zurückgeblieben waren, Mama hatte sich niedergekniet und ordnete die Schleifen der Kränze, und als sie sich aufrichtete, kamen die Sargträger auf sie zu und redeten mit ihr.

Sie beschlossen schon loszugehen, durch die Stadt hinaus Richtung *Harlem*. Mama und Maria würden ja nachkommen.

Die Sonne schwebte über den Schornsteinen des Industrieviertels, kurz vor dem Untergehen, und färbte den Himmel rot. Herbert zeigte mit einer Kopfbewegung nach oben.

Er kann jetzt gemütlich auf uns herunterschauen, sagte er. Dann senkte er die Stimme und schaute Paul von unten her an. Und bestimmt kriegt er alles mit, flüsterte er, was hier unten passiert.

Kaki nickte dazu und presste die Lippen aufeinander, als hätte sie Angst, etwas zu sagen, was Pauls Vater in den Wolken erzürnen könnte.

Erzähl keine Dummheiten, sagte Paul. Wenn jemand tot ist, dann ist er einfach tot und basta.

Wie sollte da jemand noch etwas hören, tief unten in der Friedhofserde und eingeschraubt in einen Sarg. Sein Vater konnte nichts mehr mitkriegen, nie mehr. Weder dass er rauchte oder Mama belog, noch dass er mit Mädchen ins Kino ging.

Ich mein ja nur, sagte Herbert und zog die Schultern in die Höhe.

Kaki trottete schweigend neben ihnen her und hörte nicht auf, ängstlich in den Himmel mit seinen rotgeränderten Wolken zu starren. In der Rosministraße blieb sie zurück und als die Jungen sich umdrehten, um auf sie zu warten, sahen sie, wie sie mit sich selber sprach.

Ich hab dir gesagt, sagte Herbert, die ist nicht ganz dicht.

An der Kreuzung trennten sich ihre Wege und sie sahen Kaki nach, wie sie unter den Bäumen der Verdiallee nach Hause ging. Einmal drehte sie sich um und winkte ihnen zu, dann stapfte sie weiter. Sie schien Paul dick und unförmig in ihrem roten Mantel und er hatte das Gefühl, dass sie noch plumper wurde, je weiter sie sich von ihnen entfernte. Er spürte plötzlich, dass er keine Lust mehr haben würde sie anzugreifen oder das zu machen, was sie im Kino getan hatten.

Sie standen da und sahen Kaki nach, bis sie hinter einem Mauervorsprung verschwand. Herbert fragte, was sie jetzt tun sollten. Paul fixierte die leere Stelle in der Allee, wo Kaki eben noch gewesen war, und wusste es auch nicht.

Auf einmal hatten sie keine Pläne mehr. Bevor Paul noch hatte überlegen können, wie das gehen sollte mit dem Abhauen, war ihm sein Vater zuvorgekommen. Nur dass er für immer weg war und in eine ganz andere Richtung. Er war einfach in *Harlem* auf das Dach eines *Kondominiums* geklettert, hatte die Arme ausgebreitet und war abgeflogen.

Mama und Maria waren noch am Abend dahin gegangen, wo man Vater gefunden hatte, sie hatten Kerzen und Streichhölzer mitgenommen und ihm versprochen, dass sie ihm später alles genau erzählen würden. Später, hatten sie gesagt, und Paul hatte keine Vorstellung, wann das sein würde.

Die Jungen standen noch ein bisschen in der Rosministraße herum, sie betrachteten die Auslagen der Geschäfte und hatten keine Idee, was sie mit dem angebrochenen Nachmittag anfangen sollten.

Und wenn etwas dran war, dass sein Vater jetzt alles sehen und hören konnte, was sie trieben? Dann würde er bestimmt wütend werden, dachte Paul, und sein Gesicht würde rot anlaufen vor Zorn. Aber vielleicht würde er sich auch nur wegdrehen von ihm und brummeln, dass man ihn zumindest jetzt, wo er tot sei, in Ruhe lassen soll.

Mama und Maria kamen die Straße herauf und sie schlossen sich ihnen an. Herbert hüpfte zwischen Paul und seiner Schwester herum und meinte, dass sie jetzt genauso wie er Halbwaisen seien. Er wollte wissen, wie man das hieße, wenn man gar keine Eltern mehr hat.

Vollwaise, sagte Maria.

Wenn wir in Mailand wohnten, sagte Herbert, hätten wir jetzt gute Chancen, zum Anstoß bei einem wichtigen Match eingeladen zu werden. Bei Inter gegen Milan, zum Beispiel. Er holte mit seinem Bein aus, um zu demonstrieren, wie er den Ball spielen würde.

Mama in ihrem schwarzen Mantel ging zwei Schritte vor ihnen. Maria hatte sich bei ihr eingehakt und sie redeten leise miteinander. Dann sah Paul, wie Mama versuchte, ihr Taschentuch in die Handtasche zu stecken, die zwischen ihrem und Marias Körper eingeklemmt war. Das zusammengeknüllte Stofftuch aber rutschte an der Öffnung der Tasche vorbei auf den Boden, genau vor seine Füße. Mama bemerkte nichts davon, sie ging einfach weiter, und jetzt konnte er Herbert zeigen, wie er den Ball, wenn er ihn richtig zugespielt bekäme, ins gegnerische Feld dreschen würde.

Das Taschentuch segelte über den Bordstein hinweg, verlor aber schnell an Höhe und landete mitten auf der gegenüberliegenden Fahrbahn. Ein schwarzer Hund, der an einer Leine hing, stürzte sich jaulend auf das Spielzeug, er stieß es mit seiner Schnauze an und beschnupperte es, aber dann wurde er vor dem herankommenden Auto weggezogen. Es war ein roter Fiat Abarth, der Mamas Tränentuch beinahe unter sich begraben hätte, aber das durfte nicht sein.

42.

In der Nacht kam der Junge manchmal ins Schwesternzimmer. Er humpelte den Gang entlang, drückte sich an der Tür herum, als wartete er darauf, dass man ihn hereinbat. Er nickte mit dem Kopf, wenn ich ihn fragte, ob er nicht schlafen könne, und dann trank er meinen Tee, den ich mitgebracht hatte, und blieb.

Von einer Nacht auf die andere hatte ich einen Patienten im Zimmer, im Zimmer, das mir allein gehörte bis zum nächsten Turnus. Ein Kind, von irgendwo hereingeschneit, das einfach dasaß, in seinem gestreiften Pyjama, dasaß und mich ansah. Ein Junge, der jeder meiner Bewegungen mit seinen Augen folgte, auf das kleinste Geräusch hörte von draußen. Seine Finger blieben am Henkel der Tasse und wenn sie leer getrunken war, schaute er mich fragend an, bis ich ihm nachschenkte.

Als ich ihn nach seinem Unfall fragte, druckste er herum, sagte etwas von einem Ball, der auf die Straße gerollt sei, von einem Auto, das zu schnell da war, schneller als alle gedacht hatten.

Du hast zu wenig aufgepasst, sagte ich.

Der Junge schüttelte den Kopf, nein. Er stand auf, erklärte das Schwesternzimmer zur Fahrbahn und wollte mir zeigen, wo er gestanden und wo das Auto plötzlich hergekommen sei. Da, sagte er, und da, und begann seine Geschichte von vorne, wollte hören, dass ihn keine Schuld träfe. Irgendwann schickte ich ihn zurück auf sein Zimmer, er griff nach seinen Krücken und ging weg, ohne Widerrede.

In der Nacht darauf kam er wieder, in der nächsten auch. Er blieb in der Tür stehen und schielte auf den Tisch, wo die Thermosflasche stand. Wartete auf eine Einladung, hatte Hunger, Durst, ich verstand nicht, was er hier suchte.

Wenn er gegessen hatte, schaute er auf, erwartungsvoll, und ich legte ihm Wörter hin, fragte, ob er Besuch bekommen habe und von wem. Und er antwortete, stockend zuerst, halbe Sätze mit verschluckten Endungen, und je länger die Nacht ging, desto weiter wurden seine Antworten. Ich fragte und er erzählte: Bruchstücke aus einem kleinen Leben, Geschichten, die irgendwo abbrachen, hängen blieben. Bubengeschichten, Vatergeschichten, von denen ich ahnte, wie sie ausgehen würden.

Wenn er merkte, dass ich von den Karteiblättern aufblickte, ihm zuhörte, gingen ihm manchmal die Wörter aus, er zog die Tasse an sich heran, schluckte, blickte zu Boden. Zwischendurch machte ich meine Runde durch die Station und er harrte im Schwesternzimmer aus, die Augen auf der Tür, bis ich zurückkam.

Du hast wieder einen gefunden, sagt Erika.
Nein, sage ich, nur ein verschreckter Junge, einer, der Angst hat im Dunkeln. Der nicht einschlafen kann ohne Zuspruch.
Genau richtig für dich, sagt Erika, für deinen Mutterinstinkt.

Einmal ertappte ich mich dabei, dass ich auf ihn wartete, auf den Jungen und seine Geschichten.

Ich blickte auf die Uhr, hörte auf den Gang hinaus, horchte auf das Klappern der Krücken, aber alles blieb still. Dann legte ich mich hin, zog die Decke über meine Beine, aber als ich mich umdrehte, zur Seite hin, stand er schon in der Tür.

Du hast geschlafen, sagte er vorwurfsvoll.

Dann aß er die Brote, die ich zu Hause gestrichen hatte, trank die Thermosflasche leer und wartete auf meine Fragen. Als ich auf meine Uhr blickte, ihm sagte, dass er jetzt ins Bett müsse, schüttelte er den Kopf, wollte noch bleiben. Ich nahm seine Krücken, hielt sie ihm hin, vertrieb ihn.

Auf dem Gang rief ich ihm nach, dass ich ihn kennen würde von früher. Er schreckte zusammen, blickte sich um, misstrauisch, so als hätte ich ihm gesagt, dass ich sein tiefstes Geheimnis wissen würde.

Von der Bushaltestelle, beeilte ich mich zu sagen, draußen in der Vorstadt.

Aber der Junge wollte sich nicht erinnern, zog die Stirne kraus, schüttelte den Kopf, nein. Auch daran nicht, dass Laika verrückt nach seinem Ball gewesen sei.

Ein Hund, sagte er, das müsste ich wissen.

Einmal, in seiner letzten Nacht im Krankenhaus, blieb er in der Tür hängen, einen Schritt vor, einen zurück auf seinen Krücken, bis ich fragte, was los sei. Und dann druckste er herum, fragte, ob er morgen wiederkommen dürfe, morgen Nacht.

Ich sagte, dass er morgen schon zu Hause sei im eigenen Bett, schob ihn aus dem Schwesternzimmer mit beiden Händen, suchte Worte für einen Abschied.

Zu Hause, fragte er ungläubig.

Bei deiner Mutter, sagte ich.

Und du?

Ich bin hier, sagte ich, Nachtdienst wie immer.

Und dann war sein Gesicht plötzlich an meiner Seite und eine Krücke fiel klappernd zu Boden. Für einen Augenblick standen wir so, der Junge und ich, und er ließ es zu, dass ich über sein Haar strich, einen Namen flüsterte, leise für mich.